長編小説

ふしだら女子寮の管理人

草凪 優

竹書房文庫

目次

※この作品は竹書房文庫のために
書き下ろされたものです。

第一章　人生初のモテ期⁉

1

玄関を開けると女の匂いがした。

初冬という季節柄、足元にずらりと並んでいるのは、ブーツの類《たぐ》いが目立ったが、スニーカーもあればパンプスもある。すべて女物だった。男物よりサイズが小さいし、色とりどりで、なによりデザインが可愛らしい。

（なんだかなあ……）

中嶋史郎《なかじましろう》は、乱雑に脱ぎ散らかされている靴を一足ずつ丁寧に揃えた。土間の脇にはシューズボックスがあるのに、そこに入れようとしない態度にやれやれと溜息をつく。玄関からこの調子では、先が思いやられる。

ここは東京都下、三多摩地区にある女子寮〈まほろば荘〉。

生まれ育った信州にある大学を卒業し、就職のために上京してからも東京の東側に住んでいた史郎は、東京の西側にあまり馴染《なじ》みがなかった。緑が多い閑静《かんせい》な住宅地という印象だが、小・中・高・大を問わず、学校も多いという特徴がある。そのせいで、足立区や葛飾区では聞いたこともなかった、女子大生専用の女子寮というものが存在している。

〈まほろば荘〉は二階建てのコンクリート造で、元々はどこかの企業の研修施設だったものを改築して寮にしたらしい。部屋数は十で現在の住人は八人——すべて女子大生だが、通っている大学も違えば、学年や年齢もまちまちという話だった。

「あれー、なにか用ですか？　おじさん誰？」

奥から現れた若い女が、素《す》っ頓狂《とんきょう》な声で訊ねてきた。

「あっ、いや……」

史郎は言葉に詰まった。彼女の容姿に度肝《どぎも》を抜かれた。金髪のおかっぱで、メイドの格好をしていた。女子寮にメイドなんているわけがないし、ここはメイド喫茶でもコンセプトカフェでもない。「誰？」と訊ねたいのはこちらのほうだった。

（それにおじさんはないだろ、おじさんは……）

三十歳の史郎は、内心で泣きそうになった。女子大生から見れば三十歳はちょっぴり年上かもしれないが、おじさん呼ばわりされるのは心外である。頭髪だって薄くなっていないし、下腹だって出ていないわけだし……。

「ぼっ、僕はその……〈バンブー不動産〉から派遣されてきました中嶋史郎と申しまして……」

「あー」

メイド服の彼女は両手を合わせて笑みを浮かべた。

「聞いてます、聞いてます。新しい管理人さんですね？」

「そうなんですよ」

「管理人さんのお部屋は三階ですから」

「そうですか……」

史郎の頭の中にはふたつの疑問が去来したが、とりあえずこわばった笑みを浮かべながら靴を脱いだ。

「それじゃあ、お邪魔します……」

「どうぞ、どうぞ」

にこやかに接してくれるメイド服姿の彼女は、感じの悪い子ではなかった。気さくそうな感じもしたので、まずは最初の疑問をぶつけてみる。

「ここの寮に住んでる子って、みんなそんな感じなのかな？」

だとしたら、けったいなところにやってきてしまったと思ったが、

「えー、レイヤーはわたしひとりですよ。他の人はみんなまあまあ普通ですから。少なくても見た目は」

「ああ、そう……」

史郎は助かったとばかりにうなずくと、玄関脇にある階段をのぼっていった。頭の中を去来しているもうひとつの疑問は、〈まほろば荘〉の建物はコンクリート造二階建てということだった。だが、メイド服の彼女は「管理人さんのお部屋は三階ですから」とたしかに言った。いったいどういうことなのだろうか？

二階に行くと、「↑屋上」という貼り紙がしてあった。ハシゴの隣に……。

「おいおいおい……」

嫌な予感に身震いしながら、史郎はハシゴをのぼっていった。天井裏を抜けると、頭上に青空がひろがっていた。建物自体が十部屋を有する大きさなので、屋上もかなり広かった。小学校の教室ふたつぶんくらいだろうか？

その隅っこに、粗末なプレハブ小屋が建っていた。最近のプレハブ小屋は耐久性が高いが、これはずいぶんと年季が入っていて吹けば飛びそうな……。

「うっ、嘘だ……」

プレハブの引き戸に「管理人室」という紙が貼られていることに気づき、史郎はその場に崩れ落ちそうになった。ここが管理人室ということは、管理人である自分は今日からここに住むのである。ここが自宅になるのである。

「なっ、なんで僕が、こんな目に……」

初冬の冷たい風が吹きすさぶ屋上で肩を震わせ、ともすればむせび泣いてしまいそうだった。

2

史郎が勤めている〈バンブー不動産〉は、業界内では中堅規模の企業だ。戸建て住宅やマンションの売買を中心に手広く事業を展開しているが、中でも街の再開発などのビッグプロジェクトを扱っている開発営業部は社内のエリートが集結している会社の看板的部署であり、史郎はそこに属していた。

史郎はお世辞にもエリートっぽい雰囲気の男ではなく、見た目もボケッとしていれば、しゃべり方からも信州訛《なま》りが抜けきっていないので、社内の七不思議のひとつと言われている。

だが、木訥《ぼくとつ》とした青年が必死に汗をかいて仕事をしている姿というのは、人の心を打つものだ。とくにご高齢の地主にウケがよく、落とすことは絶対に不可能と言われた頑固爺さんや意地悪婆さんとの交渉をまとめる奇跡を何度も起こしていた。

ただ、エリートが集結する部署ではよくある話で、不幸にも派閥争いに巻きこまれてしまった。史郎が信頼する上司が、ライバル派閥の罠に嵌《は》まって失脚し、七人ほどいた派閥の人間は例外なく左遷《させん》の憂《う》き目に遭《あ》うことになってしまったのである。

「心配しなくていいからな！」

失脚した上司――山根《やまね》課長は、派閥の部下全員を集めた宴席で演説をぶった。

「今回はこういう結果になってしまったが……みんな、ほんの少しだけ辛抱してくれ。長くても二年……二年の間に、俺はかならずや巻き返して、ここにいる全員を本社に呼び戻す……男・山根を信じて二年間だけ辛抱してくれ！」

「ついていきます、山根課長！」

「課長なら、かならず巻き返せると信じてます！」

派閥の仲間たちは、涙を流して山根を励ました。史郎も涙こそ流さなかったものの、山根の復活を確信していた。人脈、胆力、情報収集力――山根の実力は、ライバル派閥のトップとは比べものにならないからだ。

派閥の仲間の中には地方に飛ばされる者もいたので、郊外とはいえ都内にとどまれる自分は、まだラッキーなのかもしれないと思った。

「史郎！　ちょっと来い！」

宴席の途中、山根に肩を抱かれ廊下に連れだされた。

「おまえの異動先には、特別な配慮をしておいたからな」

「はあ」

「女だらけの女子寮の管理人だよ。どうだ、痺《しび》れるだろ？」

「いや、べつに……痺れませんが……」

「そんなこと言ってるから、おまえはいつまで経っても独身なんだよ！」

山根が声を荒らげたので、史郎は身をすくめた。

「ただまあ、それに関しては俺も少なからず責任を感じている。地主を口説《くど》くために遊ぶところもないド田舎《いなか》に一カ月も飛ばしたり、爺さんや婆さんを連れて今月は温泉、来月は韓国グルメ旅なんてことばかりさせて、本当に申し訳なかった……」

「いや、べつに……仕事ですから」

「俺があんまりおまえをあてにして、おまえにばかりややこしい仕事を押しつけてきたばっかりに、三十にもなって浮いた話ひとつないなんてことになっちまった。男・山根はこれでも責任を感じてるんだよ」

「はあ……」

「だからな！　この左遷はチャンスだと思って頑張ってみろ。管理人の仕事を頑張るんじゃないぞ、婚活するんだよ！　晴れて本社に戻れるときには、きっちり嫁さん候補を連れてこい。そのときは、この男・山根が仲人《なこうど》をしてやる。高級ホテルで三百人くらい招待して、盛大に披露宴をやろう！」

自分も沖縄の離島に飛ばされるというのに元気な人だな、と思った。人の上に立つ人間は、このくらい明るくなくてはダメだよな、とも思う。

とはいえ、左遷期間中に婚活を頑張れとはいただけなかった。こちらにそれを期待されても、応えられる自信はまったくない。

史郎はべつに女嫌いではなかった。

ＡＶ鑑賞とオナニーは日課と言っていいし、たとえ夕食を食べ損ねても射精をせずに寝ることはほとんどない、と胸を張れるほどだ。

しかし、リアルな恋愛となるとからっきしなのが現実で、三十歳になっても童貞だった。仕事に忙殺されて出会いがない、とまわりにも自分にも言い訳しているものの、学生時代から引っこみ思案で恋愛経験がゼロだから、彼女が欲しいと思っても手も足も出ない。そのくせプライドだけは高いから、闇雲にアタックしてフラれることが恐ろしく、そんな思いをするくらいなら彼女なんていらないと思ってしまう、いまどきの草食系男子の典型だった。

（だいたい、能天気すぎるよ山根課長は……）

女子大生寮の管理人になれば嫁候補が見つかるだろうという安易な発想に、溜息しか出てこなかった。女の十八歳から二十二歳は、もっとも美しく、可愛らしい年代に違いない。もちろん、三十代や四十代でも綺麗《きれい》な人は綺麗だし、可愛い人は可愛いだろうが、キラキラした青春オーラをまとった女子大生の輝きは特別だ。

そんな彼女たちが、冴えない三十歳のサラリーマンを恋愛対象として見てくれるわけがなかった。おじさん呼ばわりされるのは心外だが、それはそれ。期待をして傷つくのはごめんこうむりたい。婚活なんて論外であり、与えられた仕事を淡々とこなし、一日も早い山根の復活を願ってじっと雌伏《しふく》の日々を送るつもりだった。

〈まほろば荘〉の管理人の仕事は簡単なものではなかった。管理人室で日がな一日ゴロゴロしていればすむわけではない。

共有スペースの掃除、備品の補充や修理などの他、メインとなるのは朝夕の食事づくりだった。いまどきまかない付きの学生寮なんて珍しいし、一介のサラリーマン男子がまかない係をまかされれば震えあがるかもしれない。

だが、史郎の場合は実家が軽井沢でペンションを経営しており、子供のころから手伝わされていた。宿泊施設の業務全般に慣れていたのだ。中でも料理は得意中の得意であり、山根課長が〈まほろば荘〉の管理人に史郎を抜擢《ばってき》したのは、なにも婚活目的だけではなく、それを知っていたからである。

「やだー、ホテルやカフェみたいなメニューじゃないですか！」

「なにこれ？　なにこれ？　嘘でしょ！」

「新しい管理人さん、最高！」

朝食のテーブルにエッグベネディクトやパンケーキを並べてやれば、寮生たちは笑顔で歓声をあげた。夕食にはパスタや洋風の煮込み料理、スーパーで肉が安く買えた日にはフレンチふうのステーキ……。

その程度のおしゃれメニューを供するのは、史郎にとっては造作もないことだった。サラダバーには自家製のドレッシングを五種類ほど並べ、リクエストがあればスムージーだって提供する。

料理の評判がいいのは純粋に嬉しかった。

人間、褒められればもっと褒められたくなるもので、史郎は毎日腕によりをかけて食事のメニューを充実させていった。

〈まほろば荘〉の住人が想像以上に美人揃いだったのも、飲食店の店員さながらに頑張ってしまった理由のひとつかもしれない。栗色の巻き髪がよく似合ういまどきの女の子っぽいのから、スポーツ系や真面目そうな子、初日に玄関で顔を合わせた金髪のコスプレイヤーまで、個性はバラバラだが、みんなそれぞれに魅力的な女子大生ばかりだった。

もちろん、だからといって、史郎が鼻の下を伸ばしたりすることはなかったのだが……。

「ねぇねぇ、管理人さんって彼女いるんですか？」

そんな質問をよくされるようになると、心穏やかではいられなくなった。若い女にありがちな、突然現れた新しい管理人をからかっている、という感じではなかった。童貞の史郎にもわかるくらい、露骨に好意を示してくる子がちらほらいたので、戸惑い、困惑するしかなかった。

（まさかこれが、人生に何度かあるというモテ期というやつなのだろうか……）

自分のような冴《さ》えない三十男なんて、我が世の春を謳歌《おうか》している女子大生には洟《はな》も引っかけられないだろうと思っていたのに、どういうわけかモテている。実家から送ってきたという果物をお裾《すそ》分けされたり、小旅行のおみやげにお菓子をもらったりするのも、日常茶飯事になっていた。

（なんでだ？　なんで突然こんなにモテてるんだ？）

たしかに、学食なんかよりおしゃれでおいしいものを提供しているという自負はあるけれど、彼女たちは大学に行けば、あるいは街を歩いていれば、同年代のカッコいい男たちからの誘いが引きも切らないはずなのだ。

（かつ、勘違いしないほうがいいぞ……浮かれていたら、ドーンと沈められるのがこの手のエピソードのオチなんだから……）

そんなある日のこと。

「ねえねえ、管理人さん……」

寮生のひとりが声をかけてきた。

姫野有里《ひめのゆり》、二十二歳——栗色の長い巻き髪に、寮の中でもメイクをばっちりしている眼の大きな女の子だ。可愛いと言えばかなり可愛い部類に入るが、いかにも合コンに明け暮れているようなタイプであり、史郎は苦手だった。可愛いの圧が強すぎる。

「ちょっと相談があるんですけど、いいですか？」

「えっ？　ああ……」

史郎は夕食後の後片づけをしていた。汚れた食器を食洗機に入れ、濡れた両手をタオルで拭《ぬぐ》って有里を見た。

「なんだい、相談って？」

「ええーっと……そのう……」

有里は人差し指を顎にあてた困り顔を向けてきた。

「できれば静かなところで、ふたりきりでお話をさせてもらいたいんですけど、ダメでしょうか？」

キッチンには他に誰もいなかったが、すぐ後ろのリビングでは、ふたりの寮生がテレビで恋愛リアリティショーを観ていた。若い女の子らしくケラケラ笑ったり、ギャーギャー突っこんだり、それはそれはかしましい。

「静かなところねえ……」

史郎はポリポリと頭をかいた。寮内に話ができるスペースはリビングしかないし、近所にカフェの類いはなく、夜風が冷たい外で立ち話というわけにもいかない。さて、どうしたものか……。

3

「わあ、わたし管理人室に初めて入りました！」

屋上のプレハブ小屋に通すと、有里は両手を合わせて眼を輝かせた。

「もう四年近くここに住んでるんだろ……」

史郎は溜息まじりに苦笑しつつ、床の絨毯《じゅうたん》に散らばっている細々としたものを片づけた。共有スペースの掃除はきっちりしても、自分の部屋まではなかなか行き届かないものだ。

「だって、前の管理人さん、すごい怖いおばさんだったんですよ」

「へえぇ、そうなんだ」

前任者と面識はないが、寮の管理について丁寧な手書きのマニュアルノートを残しておいてくれたので、史郎はずいぶんと助かっている。

「風紀委員みたいに口うるさいおばさんで、エチカちゃんなんてよく怒られてましたよ。半裸でそのへんうろうろしているから」

エチカというのはコスプレイヤー女子だから、きっときわどいコスチュームでも試着していたのだろう。

「悪いけど椅子がひとつしかないから、そこに座ってくれる？」

史郎は気まずげにベッドを指差した。プレハブ小屋は十二畳ほどのワンルームで、ゆったりしたスペースなのはありがたかったが、間仕切りがないのが玉《たま》に瑕《きず》だった。キッチンもデスクもベッドも、すべて同じ空間にある。

「わたし、喉渇いちゃったなあ……」

有里は部屋を見まわして言うと、

「なんか飲み物もらってもいいですか？」

物欲しげな視線で冷蔵庫を見た。

「……いいけどね」

史郎は半ば呆れ気味に答えた。喉が渇いているのなら下のキッチンの冷蔵庫になんでも揃っているのだから、持ってくればよかったじゃないかと思う。ただ、いまさら一階まで取りにいけというのは酷な話だった。二階と屋上は、ハシゴを使ってのぼりおりしなければならない。

「失礼しまーす」

有里が冷蔵庫の扉を開け、中をのぞきこんだ。途端に「やだー」と声をあげ、一本の缶を取りだす。

「いいんですか？　こんなもの隠しておいて」

有里が手にしていたのは、缶チューハイだった。無糖レモン味が史郎の好みだが、そんなことはどうでもいい。

「この寮って、お酒飲んじゃダメでしたよね？　違いましたっけ、管理人さん？」

「あっ、いや……」

史郎は顔をこわばらせた。未成年の寮生もいる〈まほろぼ荘〉内は禁酒禁煙であり、そのルールを破ると退寮しなければならない。とはいえ、史郎は寮生ではないし、もちろん未成年でもない。仕事終わりの一杯や寝酒くらいは許されるだろうと、好きな缶チューハイを管理人室に持ちこんでいた。

「おっ、おいっ！」

有里がプシュッとプルタブを開け、缶チューハイをごくごく飲みだしたので、史郎は焦った。

「なにするんだ！　寮生が酒飲んじゃまずいだろ」

「だってここは治外法権なんでしょ」

有里は悪びれもせずに返す。

「寮生だって成人してれば外で飲むのはセーフ……つまり、ここは寮の外ってことにすれば、なにも問題ありませんよ」

楽しげに笑いながらベッドに腰をおろし、さらに缶チューハイを飲む。史郎は渋い顔でやれやれと溜息をつくしかない。

「他の寮生には内緒にしといてくれよ」

「わかってますって」

「で、相談ってなんだい？」

「訊《き》きたいですか？」

有里は悪戯《いたずら》っぽく眼を輝かせると、ベッドの弾力を確かめるように尻をはずませた。べつに意味のある所作ではないだろうが、彼女はいかにもいまどきの女子大生ふうの可愛らしい顔をしているうえ、胸のふくらみが大きかった。尻をはずませると、ぴったりとした白いニットに包まれたふくらみが、わっさわっさと揺れはずんだ。

（きょ、巨乳だ……これは相当のデカ乳だ……）

三十歳になってもまだ童貞の史郎は、胸の大きな女が大好きだった。ＡＶ女優でもグラビアアイドルでも、注目の基準は胸の大きさである。

「きっ、訊きたいですかって、そっちが相談があるって言ったんじゃないか」

眼のやり場に困りつつ返すと、

「わたしって、Fラン女子大の残念な女の子じゃないですか？」

有里は少し遠い眼になって言った。

「……ああ」

史郎は小さくうなずいた。寮生の履歴書にはあらかじめ眼を通してあった。のけぞるくらい高偏差値の大学に在学中の者もいれば、その反対もいる。人間の価値は偏差値なんかでは計れないと思うけれど、有里は後者だった。

「しかも単位までぎりぎりだから、来年卒業なのに就職先も決まってないんです。あっ、就職活動までサボってたわけじゃないですよ。一生懸命頑張ってました……」

「……大変だな」

史郎は心の底から同情したが、

「まあ、わたしにとっての就職活動は、合コンなんですけどね」

有里の台詞《せりふ》に椅子から転げ落ちそうになった。それは就活ではなく婚活ではないかと思ったが、彼女がたたみかけてくる。

「だってしょうがないじゃないですか。Fラン女子大で成績も底辺ってなったら、お嫁に行くくらいしか明るい未来は望めませんよ。だから、授業もそっちのけで、毎日毎日、合コン合コン……おかげで素敵な相手に巡り会えました。三十歳のエリート商社マン……」

史郎の心臓はドキンとひとつ跳ねあがった。もちろん、有里の相手が自分と同い年だったからだ。

「そこそこイケメンなうえ実家も裕福なおぼっちゃんだから、これは絶対に逃がすわけにはいかないって、わたしは尽くしまくりました。来年三月の卒業と同時に婚約、六月には憧れのジューンブライドって期待に胸をふくらませて……」

「よっ、よかったじゃないか……」

史郎はひきつった顔で返した。自分と同じ三十男でも、イケメンで実家も裕福なら現役女子大生と恋に落ち、結婚することまでできると思うと、暗色の敗北感がじわりとこみあげてくる。

「よくないですよ!」

有里は怒ったように頬をふくらませると、缶チューハイをぐびぐび飲んだ。

「結局、フラれちゃったんですから……」

「ええっ?」

「やっぱり、イケメンでおぼっちゃんでエリート商社マンみたいな人はモテるわけですよ。わたし以外に付き合ってた人が何人もいて……」

「そっ、そりゃひどいね……」

「ひどいですよ！」

有里はすっくと立ちあがって冷蔵庫の前まで行くと、

「もう一本、いただいてもいいですか？」

可愛い顔を悔しげに歪めて言った。

「いっ、いいけどね……」

史郎はうなずくことしかできなかった。相手の男のスペックも相当なものだが、女としてのスペックなら有里もかなり高いほうではないだろうか？　可愛いうえに巨乳だし、数々の合コンで鍛えたコミュ力もあなどれない。そんな彼女がかくも簡単にフラれてしまうなんて、婚活市場というものはなかなかの激戦区らしい。

4

「わたしはべつにね、イケメンが好きなわけじゃないんですよ……」

三本目の缶チューハイを呷《あお》っている有里は、酔いはじめているようだった。史郎は後悔していた。普段なら冷蔵庫に一、二本しか入っていないのに、昨日スーパーで安売りしていたからダース買いしてきたのだ。

「ただ、就職できなそうなわたしを、専業主婦にしてくれればいいだけなんです。それ以上は望みません……」

「いまどき専業主婦っていうのは、相当な高望みなんじゃないの？」

皮肉めいた口調で返した史郎も、三本目の缶チューハイを飲んでいた。とてもじゃないが、シラフで女子大生の失恋話など聞いていられない。

「そうかもしれませんけど、そのかわりわたしは尽くしますよ。頭は悪いけど料理はうまいし、家事全般だってそれなりに得意だし、なによりほら、こんなに可愛いじゃないですか？」

有里はおどけた調子で双頰に人差し指を立てた。

「わたし、結婚して奥さんになっても、子供を産んでママになっても、ずっとずっと可愛い女でいたいんです……夫になる人だって、それがいちばん嬉しいでしょ？　合コンに行くより、キャバクラに行くより、可愛い女が家にいて、一緒に街を歩けば振り返られたりするほうが……」

「まあね……」

そんなことを言っていられるのも若いうちだけだろ、と史郎は思ったが言わなかった。

「やだっ、もうなくなっちゃった……」

三本目の缶チューハイを飲み干した有里は、ベッドからおりてふらふらと冷蔵庫に向かった。

「もういい加減にしたらどうだ……」

史郎は弱った顔で声をかけたが、

「いいじゃないですかあ。駅前のスーパーで一本四十九円の特売品でしょ？」

有里は悪びれもせず冷蔵庫から四本目の缶チューハイを取りだす。

「どっ、どうしてそれをっ……」

史郎は一瞬うろたえたが、気を取り直して言った。

「値段の問題じゃなくて、ここでベロベロになられたら困るんだよ」

「わたし、お酒強いからベロベロになんてなりませーん」

ベッドに戻り、プルタブを開けて飲みはじめる。最初こそ行儀よく座っていたが、二本目を空けたあたりから、有里はベッドの上にあぐらをかいていた。プリーツの入った長いスカートを穿《は》いているので、下着は見えなかったが……。

「なんかここで飲むお酒、おいしいんですよねー。居心地いいっていうか」

そう言ってペロッと舌を出す顔が可愛らしく、史郎はなにも言えなくなった。酒が強いと言っても、所詮は女子大生レベルの話だ。有里の頬はすっかりピンク色に染まって、いつになく色っぽく見えた。

（いかん、いかん……）

史郎は心の中で自分を叱りつけた。相手は寮生である。可愛いとか色っぽいとか思っていい相手ではない。

ところが有里は、

「ねえ、管理人さん。この部屋、暑くないですか？」

さらに色香を誇示するように、瞼《まぶた》を半分落とした悩ましい表情で首筋を手で扇《あお》ぎはじめた。

「そっ、そうね……」

史郎は彼女から眼をそらした。たしかにこの部屋は暑かった。すきま風の入るプレハブ小屋なので、暖房だけは超強力な大型ガスファンヒーターが入っているのだ。加えて、アルコールが体温を上昇させてもいる。

「脱いでもいいですか？」

有里が歌うように言ったので、

「はっ？」

史郎は素っ頓狂な声をあげてしまった。有里は白い長袖《ながそで》ニットを着ていた。人前でそれ以上脱げない格好である。

にもかかわらず、とめる隙もない素早さで、ニットを脱いでしまった。

「なっ、なにをっ……」

史郎は卒倒しそうになった。有里は白いニットの下にインナーを着けていた。といっても、Tシャツのようなものではなく、ワインレッドのキャミソールである。服か下着、どちらかに分類するなら下着のほうだろう。妖《あや》しい光沢を放っているシルク素材のセクシーなものだ。

「下も脱いじゃおうかな」

信じられないことに、プリーツの入ったロングスカートまで脱いでしまう。むちむちした白い太腿《ふともも》がすっかり露《あら》わになったので、史郎の心臓は胸が痛くなる勢いで暴れだした。

「なっ、なにをやってるんだ、人の部屋でっ！　きっ、着なさいっ！　きちんと服を着るんだっ！」

「そんなに焦らないでくださいよー」

有里はピンク色に染まった顔で笑っている。

「こんなの部屋着みたいなものですから……ってゆーか、部屋着です。わたし自分の部屋だと、いつもこの格好ですから」

「こっ、ここは僕の部屋だ……」

「やだ、管理人さん……」

有里が意味ありげな眼つきで見つめてくる。

「もしかして、わたしのこと女として意識しちゃいました?」

「そっ、そんなことあるわけないだろ!」

史郎は声を荒らげたが、事実として、にわかに有里のことを女として意識せずにはいられなかった。

ているだけだった。ワインレッドのキャミソールは、細い紐のストラップが肩にかかっていた。女らしい華奢《きゃしゃ》な肩には、もうひとつ黒いストラップが見えた。ブラジャーの一部に違いなかった。こちらは黒だ。

(キャミはワインレッドで……ブッ、ブラは黒なのか……)

大人っぽいコーディネイトに息を呑《の》まずにいられない。

しかも有里は、かなりの巨乳だった。ニットを着ていたときからはっきりそうだとわかったが、大きいうえに砲弾状に迫《せ》りだしている。しかも、ニットを脱いでキャミソール姿になった瞬間、裸体がありありと想像できてしまい、むせかえるような色香を振りまきだした。

「やっ、やめろっ……やめてくれっ……」

史郎はたまらず眼をつぶり、顔の前で両手を交差させた。

「服を着ないなら、この部屋にいることは許さないっ。出ていくんだ。いますぐ服を着てさっさと出ていってくれ……」

有里から言葉は返ってこなかった。かわりにおかしな気配がした。人が近づいてくる気配である。

「うわっ！」

史郎は仰天して眼を見開いた。椅子に座っているこちらの両脚の上に、有里がまたがってきたからだった。

「なっ、なにをするんだっ……」

顔と顔とが息のかかる距離まで接近し、史郎は焦りまくった。一方の有里は黒い瞳をねっとりと潤ませて、挑発的にこちらを見つめてくる。

「ねえ、管理人さん……わたし、酔っちゃったみたい……」

舌っ足らずな口調で言い、赤い唇を尖《とが》らせる。甘い吐息が、史郎の鼻先で揺らぐ。暑かったのは嘘ではないらしく、体中から漂ってくる汗の匂いもまた甘い。思わず胸いっぱいに息を吸いこみそうになったが、ぐっとこらえて有里を睨《にら》んだ。

「ばっ、馬鹿なことはやめるんだっ……おりなさい、いますぐっ！」

「酔っちゃったんだから、ちょっとくらい介抱してくださいよー」

有里はニヤニヤ笑いながら体を動かしはじめた。上半身を動かせばユッサユッサと巨乳が揺れ、下半身を動かせば股間と股間がこすれあう。

「やっ、やめるんだっ……」

史郎は滑稽なほど声を上ずらせた。全身が小刻みに震えだしていた。もちろん、興奮による震えである。三十歳になっても童貞の史郎には、異性とここまで体を密着させた経験がなかった。おまけに有里は、ほとんど下着姿と言ってもいいキャミソール姿なのである。

（まっ、まずいっ……まずいぞっ……）

顔が燃えるように熱くなり、股間はそれ以上に疼《うず》きだす。強引に有里をどかそうとすると、首根っこにしがみついてきた。完全にロックオンされたうえ、顔と顔との距離がさらに接近した。

「チュウしてもいいですか？」

有里が赤い唇を尖らせ、

「いいわけないだろ……ぅんぐぐっ！」

史郎は拒んだものの、気がつけば唇と唇が重ねられていた。

「うんぐっ！　ぅんぐぐっ……」

唇をペロペロと舐《な》めまわされ、史郎は眼を白黒させた。のけぞって唇を離そうとしても、首根っこにしがみつかれていてはそれもかなわない。上唇と下唇の合わせ目を執拗《しつよう》に舐められ、やがて舌先で強引にこじ開けられた。そうなると、舌と舌とをからめあわされるまで時間はかからなかった。

「うんあああっ……」

いい大人とは思えない、情けない声をもらしてしまった。三十路《みそじ》の童貞とはいえ、キスの経験くらいはあった。開発営業部時代の忘年会で行ったスナックで、五十路《いそじ》のママにふざけてキスをされたり、地主のお婆さんとカラオケにいったとき、どさくさにまぎれてキスをされたり、挙げ句の果てには泥酔した山根課長に強引に唇を奪われたり……。

とどのつまり、若い女とキスをしたのは初めてだった。それも、有里のように可愛い女の子に唇を奪われるなんて……。

「うんぐっ……ぅんぐぐっ……」

史郎は鼻奥から悶《もだ》え声をもらした。可愛い顔をしているくせに、有里のキスは大胆にして濃厚だった。舌をしゃぶりまわしてきたかと思うと、口内を舐めまわし、さらには唾液まで啜《すす》ってくる。

そうしつつ、またもや体を動かしはじめた。上半身を揺すって豊満な胸のふくらみを押しつけてきたり、腰を振りたてて股間と股間をこすりあわせたり……。

「……やだあ」

有里がキスを中断し、勝ち誇った眼つきで見つめてきた。

「管理人さん、興奮してきちゃったんですか？」

「ううっ……」

史郎は言葉を返せなかった。ズボンの中のイチモツは痛いくらいに勃起して、ズキズキと熱い脈動を刻んでいた。両脚の上にまたがっている有里には、それがわかっているはずだった。

5

「この部屋、本当に暑いですね……」

有里が大きな黒眼をくるりとまわして言った。

史郎は言葉を返せなかった。実際、有里の素肌はじっとりと汗ばんでいたが、それは暖房のせいだけではないように思えた。アルコールのせいだけでもない。三十路の童貞にも、欲情が体温を急上昇させていることが伝わってきた。

「ああっ、もうダメっ、暑くて我慢できない」

有里がワインレッドのキャミソールを脱ぎ捨てた。大人っぽい黒いレースのセクシーランジェリーも衝撃的だったが、さらに両手を背中にまわしていく。どう見てもブラジャーをはずそうとする動きだったので、

「やっ、やめなさいっ……」

史郎は焦りまくったが、有里はおかまいなしに背中のホックをはずし、胸の隆起を覆っているる巨大なカップを取ってしまった。

（うわあっ……）

史郎は眼を見開き、息を呑んだ。小玉スイカをふたつ並べたようなド迫力のふくらみがふたつ、目の前にさらけだされた。巨乳好きを自認していても、生身を見たのは初めてだった。

（巨乳はやっぱり、乳輪も大きいんだな……）

赤茶色の乳輪は五百円玉よりもふたまわりも大きく、巨大な隆起と相俟《あいま》って、パンダの眼のように見えた。愛嬌《あいきょう》があると言えば愛嬌がある姿だったが、その何十倍もエロティックで悩殺されずにはいられなかった。

「視線、感じちゃうな……」

有里は恥ずかしそうに眼の下を紅潮させつつも、どこか得意げだった。それもそのはず、これほど立派な巨乳はＡＶ女優でも滅多にいない。しかも、まだ二十二歳の若さのせいか重力にも負けておらず、巨大なのに前に迫りだしている。

有里は両手で類い稀《まれ》な双乳を寄せると、

「挟まれたいんでしょ？」

扇情《せんじょう》的な眼つきで言った。

「挟んであげてもいいんですよ、こ・こ・を……」

言いながら、腰を前後に揺すりたてる。股間と股間がこすれあい、ズボンの中で勃起しきったイチモツがしたたかに刺激される。

「ううう……」

史郎は白眼を剝《む》いてしまいそうになった。情けないことに、有里の言葉を拒絶できなかった。そんなことをしてはダメだと思っているのに、さらなる刺激を求めているもうひとりの自分がいる。

「じゃあ、立ってください……」

有里が両脚の上からおり、手を取って立ちあがらされた。巨乳のド迫力に圧倒された史郎はもう、なにひとつ抵抗できなかった。

有里が足元にしゃがみこみ、ベルトをはずしてくる。ズボンとブリーフを一緒におろされると、勃起しきったペニスが唸《うな》りをあげて反り返り、裏側をすべて有里に見せつけた。

「ふふっ、もうお漏《も》らししてる……」

有里が卑猥《ひわい》な笑みを浮かべて、指先でペニスの先にちょんと触れた。噴きこぼれた熱い我慢汁がねっちょりと糸を引き、史郎は顔から火が出そうになった。

「嬉しいですよ、管理人さん……って、こんなことしながら、そんな呼び方はないですよねえ……」

有里は悪戯っぽく笑うと、

「史郎さん」

わざとらしいウィスパーボイスで言った。

「そう呼んでもいいですよね？」

歓迎はできない、と史郎は思ったが言葉が口から出ていなかった。黙っていることが肯定の意ととらえられ、

「立派ですねえ、史郎さんのオチンチン……」

有里はニンマリと笑いながらペニスに手指を添え、すりすりとしごいてきた。

「むううっ！」

史郎の体は伸びあがった。刺激はごく微弱でも、勃起したペニスを他人に触られたのは初めてだったし、握っているのは巨乳の可愛い女子大生――雷《かみなり》に打たれたような衝撃があった。

「それにしても、すごいお漏らし……」

あとからあとから噴きこぼれる我慢汁はもう、亀頭にテラテラした光沢を与えるほどだった。有里は根元に手を添えたまま、ペニスの先端を巨乳に押しあてた。大きめの乳輪の中心にある乳首に密着させ、ペニスを左右に動かしてくる。

「むううっ……」

亀頭に乳首の突起を感じ、史郎の体がさらに伸びあがる。一方の有里は、口内に唾液をため、それをツツーッと垂らしてきた。乳首と亀頭をこすりあわせる潤滑油にして、しつこくペニスを左右に動かす。

「いやーん、気持ちいい……」

眉根を寄せたセクシャルな顔で、上眼遣《うわめづか》いを向けてくる。史郎は限界まで顔をこわばらせ、酸欠の金魚のようにパクパクと口を動かすばかりだ。

唾液のヌメりを帯びたことで、亀頭は乳首の上をスムーズに動いた。その刺激に乳首も反応し、刻一刻と突起してくる。パンダのような愛嬌のある見た目とは裏腹に、いやらしいほど硬く尖っていく。

(たっ、たまらん……)

巨乳好きの史郎にとっては、これ以上なく刺激的な愛撫だった。相手は寮生、こんなことをされていい相手ではなかったが、あまりの快感に抵抗できない。

「それじゃあ、そろそろ……」

有里が上眼遣いでニッと笑う。

「挟んであげますね……」

勃起しきったペニスを胸の谷間に導くと、左右の隆起を両手で寄せた。ついに左右の乳肉に挟まれてしまったわけだ。

もちもちした感触も白い乳肉から亀頭だけが顔を出している光景も、呆れるほどにエロティックだった。しかも、有里はただ挟んだだけではなく、ツツーッと唾液を垂らしてきた。先ほどよりずっと大量に垂らしてから、上半身を揺すりはじめた。

「おおおおっ……」

史郎の口から野太い声がもれた。有里が上半身を揺すると、乳肉に挟まれているペニスが、唾液を潤滑油にしてこすられた。いわゆるパイズリ——巨乳好きを自認する者でこの愛撫を夢見ない男はいないと思うが、可愛い女子大生を相手にその初体験を遂《と》げられるのは選ばれた者だけに違いない。

「どうですか？　気持ちいいですか？」

ぬるりっ、ぬるりっ、とパイズリを行ないながら、有里が上眼遣いを向けてくる。

史郎はこわばりきった顔でうなずくと、

「じゃあ、こんなこともしてあげちゃおうかな」

有里はダラリと舌を伸ばし、巨乳の谷間から亀頭が顔をのぞかせるたびに、それをペロペロと舐めてきた。

「おおおっ……ぬおおおおーっ！」

史郎は限界まで腰を反らせ、首にくっきりと筋を浮かべた。顔が熱くてしようがなかった。鏡を見ればきっと、茹《ゆ》でダコのようになった自分と対面できるに違いない。

（たっ、助けてくれっ……）

ぬるりっ、ぬるりっ、と胸の谷間でペニスをしごかれていると、体中が小刻みに震えはじめた。生まれて初めて経験する、自慰以外の性的快感に翻弄《ほんろう》され、立っているのもつらくなってくる。

そんな気持ちも知らぬげに、有里はさらなる攻撃を仕掛けてきた。双乳を両手で押さえるのを唐突にやめると、赤い唇をいやらしいOの字にひろげて、亀頭をぱっくりと頬張ってきたのである。

「くぅおおおおおおおおーっ！」

史郎は声をあげてのけぞった。パイズリからフェラチオは、AVではよく見かけるスペシャルコンボだった。とはいえ、見るのとされるのでは大違いで、口内粘膜の生温かさに、頭を掻《か》き毟《むし》りたくなるほど興奮した。手指とはまったく別物のねっとりした感触に加え、ペニスを咥《くわ》えている有里の表情がいやらしすぎた。有里もそのことがよくわかっているのだろう。可愛いと自認する顔が、フェラによってどこまでもいやらしくなっていくことを……。

「うんぐっ！　うんぐっ！」

上眼遣いでこちらを見上げ、鼻息を可憐に振りまきながらペニスを舐めしゃぶりはじめた。なめらかな唇の裏側でカリのくびれをこすっては、口内でねろねろと舌を動かしてくる。さらに指先で根元までしごきたてられると、史郎は正気を失いそうになった。

（すっ、すごいっ……すごすぎるっ……フェラって、こんなにも気持ちよかったのかっ……）

オナニーだけで満足していた昨日までの自分を、ぶん殴ってやりたくなるほどの衝撃的な快感だった。世間の誰もがセックスパートナーを追い求め、あり金叩《はた》いてフーゾク店に突撃している理由がようやくわかった気がした。

「おいしいっ……おいしいです、史郎さんのオチンチンッ……」

有里はいったん口唇からペニスを抜くと、唾液にまみれた肉棒にためらうことなく頬ずりしては、熱烈に舌を動かした。亀頭の裏筋をチロチロ舐めたり、肉竿《にくざお》の根元から先端までツツーッと舌先を這わせたり……。

ひとしきりそうしてから、再び亀頭を頬張ると、今度は深く咥えてきた。そんなに口の中に入れて大丈夫なのかと不安になるほど深く咥え、苦しげに眉根を寄せて上眼遣いを向けてくる。あなたが気持ちよくなるためならなんでもしたいという献身的な心情を生々しく伝えつつ、喉奥で亀頭をキュッキュッと締めてくる。

6

史郎は完全に骨抜き状態になった。

全身がジンジンと火照《ほて》っていて、その一方で頭はボーッとしていた。ほとんど放心状態だったから、有里がベッドにうながしてきてもなすがままだった。ズボンとブリーフを膝までさげた情けない格好のまま、ベッドに横たわった。

狭いシングルベッドだった。大人がふたり横になるのはいささか窮屈だったが、有里はそういう体勢にはならなかった。体に残っていた最後の一枚──黒いレースのパンティを脱ぎ捨てるや、史郎に馬乗りでまたがってきたのである。

（パッ、パイパンじゃないかっ！）

有里がパンティを脱ぎ捨てた瞬間、史郎は血走るまなこを見開いた。股間にあるはずの黒い茂みがなかった。最近はＡＶ女優でもＶＩＯをすべて処理している者が珍しくないとはいえ、つるつるにしてこんもりと盛りあがった恥丘を見せつけられた衝撃は、すさまじいものだった。

（毛がないなら丸見えなんじゃないか……オマンコが全部見えるんじゃないか……）

心臓が暴れまわってしようがなかったが、有里がすぐに馬乗りになってきたので、無毛の女性器をつぶさに観察することはできなかった。それでも、恥丘のすぐ下に、アーモンドピンクの花びらがチラリと見えている。そのいやらしすぎる色艶《いろつや》と、女の割れ目を目撃してしまった実感に、あお向けになっている体は激しく震えだす。

「わたし、普段はこんなにエッチな女の子じゃないですからね……」

有里は恥ずかしげに顔をそむけて言った。

「でも今日は……今日だけは……大胆になっちゃう……史郎さんが……史郎さんが欲しいから……」

言いながら、腰を浮かせてペニスに手指を添えると、腰を落としてきた。

「むううっ！」

亀頭がなにかにめりこむ感触がして、史郎は息を呑んだ。なににめりこんだのかといえば、女の割れ目に違いなかった。清らかな童貞だったペニスが、ついに女体との合体を果たしてしまったのだ。

「あああっ……」

有里は悩ましく身をよじりながら、じわじわと結合を深めていった。ペニスを根元まで完全に咥えこむと、眉間に深い縦皺《たてじわ》を刻んで甲高《かんだか》い悲鳴をあげた。

「はっ、はぁああああああーっ！」

一方の史郎は、呆気にとられていた。思ったよりも、結合感が弱かったからだ。自分でペニスを握りしめる力に比べ、膣圧が弱いのは当たり前なのだが、童貞の史郎にそこまで頭はまわらなかった、それに、舐めたり、しゃぶったり、根元を手でしごいたりできるフェラチオよりも刺激にヴァリエーションもないから、いささか拍子抜けしてしまったというのが正直な感想だった。

とはいえ、有里が動きはじめるとそんなことは言っていられなくなった。まず、見た目がすごかった。むっちりした左右の太腿で史郎の腰を挟み、クイッ、クイッと股間をしゃくる動きがいやらしすぎた。しかも彼女は巨乳だから、腰を動かすたびに豊満すぎる胸のふくらみがユッサ、ユッサと揺れはずむ。

史郎は見とれているうちに有里が繰りだすリズムに巻きこまれ、気がつけば性器と性器とこすりあわせる生々しい刺激の虜になっていた。膣圧はたしかに手で握るよりは弱かったが、女性器にはそれを超えるなにかがあった。内側の濡れた肉ひだが吸いつき、からみついてくるような、経験したことのない感覚が押し寄せてくる。

「ああっ、いいっ！」

有里が栗色の巻き髪を振り乱した。

「史郎さんのオチンチン、とってもいいっ！　気持ちいいっ！　わたし、こんなの初めてっ！　こんなの初めてよっ！」

言いながら、腰を振るピッチをあげてくる。ＡＶ女優さながらの激しさで性器と性器をこすりあわせれば、類い稀な巨乳が上下に大きく揺れはずんだ。さらに結合部からは、ずちゅっ、ぐちゅっ、と卑猥な肉ずれ音がたつ。気持ちがいいのは嘘ではないらしく、有里は発情の蜜を大量に漏らしていた。彼女の内腿は異常にヌルヌルしていたし、やがて史郎の陰毛までぐっしょりと濡らした。

「史郎さんも気持ちいい？」

有里が上体を覆い被《かぶ》せてきた。そうしつつも腰の動きがとまらないのが、いかにも床上手という感じでいやらしすぎる。

「ねえ、有里のオマンコ、とってもキツキツで気持ちいいでしょ？　名器だってよく言われるのよ」

史郎は言葉を返せなかった。気持ちがよくなかったわけではなく、目の前に迫った巨乳にむしゃぶりついたからだ。男の手でもつかみきれない豊満な隆起を両手でつかみ、谷間に顔をうずめて揉みしだいた。さらに乳首に吸いつけば、有里はあんあんと声をあげて歓喜を示す。

たまらなかった。

これでようやく自分も大人の男になったのだと思うと、胸が熱くなってしまうがなかった。もちろん、呑気《のんき》に感慨に耽《ふけ》っていたわけではなく、脳味噌が沸騰しそうな興奮状態だった。上体を覆い被せてきても有里は腰を動かしているし、その動かし方は淫らになっていくばかりだった。前後に動くだけではなく、腰のグラインドもランダムに混ぜて、勃起しきったペニスを肉穴の中でしたたかにこねまわす。三十歳にしてようやく初体験を迎えた男を、翻弄することをやめない。

「ダッ、ダメだっ……もうダメッ……」

史郎は泣きそうな顔で声をあげた。

「でっ、出るっ……もう出るっ！　気持ちよすぎてもう出そうっ……」

「ああっ、出してっ！」

有里がすがるような眼を向けてくる。

「いっぱい出して、史郎さんっ……熱いザーメン、たくさん出してっ……」

そう言われても、と史郎は紅潮しきった顔を歪めた。ゴムを装着せずに結合していたからである。生挿入している以上、このまま出すわけにはいかなかった。

しかし、有里は、

「出して、史郎さんっ……いっぱい出してっ……」

うわごとのように言いながら、フルピッチで腰を動かしつづける。ハアハアと桃色吐息を振りまきながら、史郎の顔にキスの雨を降らしてくる。

「いいのよ、史郎さんっ……中に出してもいいのっ……妊娠してもいいから、中で出してえええぇーっ！」

妊娠していいわけないだろ！　と史郎は胸底《きょうてい》で絶叫した。それほどまでに彼女が興奮しているなら、男冥利《おとこみょうり》に尽きるというものだ。しかし、寮生とセックスしたうえに孕《はら》ませてしまったりしたら、いくらなんでも立場がない。本社に戻る日を待たずして、会社を馘《くび》になってしまうだろう。

とはいえ、これが童貞喪失の初体験となる史郎に、差し迫る射精欲をコントロールすることは不可能だった。刻一刻と迫りくるそれに顔をひきつらせ、体中を小刻みに震わせることしかできない。あまりの気持ちよさに、会社を馘になってもいいから、このまま射精したいとさえ思いはじめる。

（ダメだ、ダメだっ……）

史郎は自分を叱りつけた。尊敬する上司・山根課長の復活を信じているから、そんなだらしない結末は迎えられなかった。だが、こみあげてくる射精欲を歯を食いしばってこらえようとしても、無理があった。

「でっ、出るっ！　もう出るっ！　出ちゃう、出ちゃうっ……おおおおっ……ぬおおおおおーっ！」

雄叫《おたけ》びをあげると、反射的に体が動いた。ベッドの弾力を利用して、下からずんっと大きく突きあげたのだ。手加減なしの衝動的な動きだったので、上に乗っていた有里の体は浮かびあがった。スポンッとペニスが抜け、結合もとけてくれた。

「やっ、やだっ……」

次の瞬間、有里が身を翻《ひるがえ》して史郎に添い寝する格好になった。彼女のその動きもまた、反射的かつ衝動的なもののように見えた。

「出してっ！　史郎さん、出してっ！」

自分の漏らした蜜でネトネトになった肉棒を握りしめ、したたかにしごいてきた。たったの三こすりで、下半身で爆発が起こった。ドクンッ！　という衝撃とともに、灼熱《しゃくねつ》の粘液が噴射した。ドクンッ！　ドクンッ！　ドクンッ！　と射精するたびに、ペニスの芯に痺れるような快感が走り抜けていった。

「おおおおっ……ぬおおおおおっ……」

史郎は身をよじりながら射精を続け、野太い声をあげつづけた。同じ射精でも、自慰のときに声などあげたことはなかった。快感の質と量が、自慰のときとはまったく違った。

「出してっ！　もっと出してっ！」

有里は叫ぶように言いながら、ペニスをしつこくしごきつづけた。おかげで、もう限界だという地点から五度も発射させられ、史郎は男の精をすっかり絞りとられてしまった。

第二章　黒と白の誘惑

1

気まずかった。

罪悪感や自己嫌悪も尋常じゃなかった。

（やってしまった……やってはいけないことを僕は……）

有里とセックスしたことで、史郎はすっかり意気消沈してしまった。三十年間捨ててしまうことができなかった童貞を捨てられたのはいいとして、寮生と肉体関係をもってしまうなんて、最悪の展開と言っていいだろう。女子大生に手を出すドスケベ教授と同じ穴のムジナである。史郎は真面目な仕事人間なので、普通の男よりも何倍も良心の呵責《かしゃく》を感じていた。

（女で身を持ち崩すなんて、愚《おろ》かなやつのすることだと思っていたけど……）

当事者になってみれば、性欲に駆られながら理性を働かせる困難さを、身に染みて感じずにはいられなかった。

史郎にしても、よこしまな思いを抱いて有里を管理人室に通したわけではないし、有里の誘惑をストップさせるタイミングだってたくさんあったのだ。もっと毅然《きぜん》とした態度で接していれば、こんなことにはならなかったはずだった。

それに……。

有里が好みのタイプであったなら、始まりがどんな形であろうとも、真剣交際という着地点も考えられたかもしれない。来年三月になれば彼女は大学を卒業するし、必然的に〈まほろば荘〉からも出ていくことになっている。それまで誰にも気づかれないように注意すれば、もしかするとまわりに祝福されるようなカップルにだってなれたかもしれない。

しかし、有里と真剣交際する気にはとてもなれなかった。顔は可愛いし、巨乳を擁するグラマーだし、二十二歳の若さである。スペックとしては完璧でも、ああまで積極的に迫られると、尻込みせずにはいられなかった。

ヤリマンとまでは言わないが、どう考えても場数をかなり踏んでいる。いくら童貞とはいえ、史郎は八つも年上なのだ。年長の男をあんなふうに軽々と手玉に取るからには、男女交際の修羅場を相当数くぐり抜けていると見るのが妥当なわけで、そういう女が史郎は苦手なのである。

（僕の手に負えるわけないよ。あんなに積極的な陽キャ女子……）

べつにおとなしい陰キャ女子ならいいというわけではないけれど、とにかく有里は無理だと思った。

だが、一方の有里は、

「おはようございまーす、史郎さん……きゃっ、うっかり名前で呼んじゃった。誰かに聞かれたらまずいですよね、ごめんなさーい」

体を重ねた翌日からひどく慣れなれしく接してきた。慣れなれしいだけならともかく、他の寮生の眼を盗んでは、「また管理人室で飲みたいです」「外でデートもしてみたいな」「今度はラブホでしましょうよ、大きいベッドでゆったりと」などと耳打ちしてきて、すっかり彼女気取りである。

（まいったな……）

有里ほど可愛らしい巨乳なら、どこへ行ってもモテるに違いないのに、自分に執着してくる理由がわからなかった。

まさか婚活の一環なのだろうか？

こんな自分を相手に？

〈まほろば荘〉の寮生たちに、二年を目処《めど》に本社に戻れることになっているなどという話はいっさいしていない。つまり、史郎は左遷されて女子寮の管理人をさせられている冴えない三十男であり、就活に絶望して婚活に励んでいる有里が結婚したがるとも思えない。

史郎は謎の積極的なアプローチに困惑するしかなく、なるべく有里と顔を合わせないようコソコソと寮内を移動して、管理人業に勤《いそ》しむしかなかった。避けていると思われるのは心苦しかったが、彼女を避ける以外に日々をやり過ごす方法がなかった。

そんなある日のこと——。

朝のルーティンワークを終え、リビングでひとりぼんやりしていた午前十時、真っ赤なジャージ姿の背の高い女がふらりと姿を現した。森本香奈恵《もりもとかなえ》だ。

（まだいたのか……）

すでに寮生は全員出払ったと思っていた史郎はビクッとし、気まずげに眼を泳がせた。べつに気まずいことはなにもないのだが、寮生と一対一になるのは緊張する。お年寄りの相手なら何時間でも平気なのに、若い女となると途端に腰が引けてしまう自分が情けない。

「あのう……」

香奈恵がのそのそと近づいてきた。

「わたしの部屋のエアコン、調子悪いんですけど、ちょっと見てもらってもいいでしょうか……」

もう初冬だというのに小麦色に日焼けした顔に困惑を浮かべ、蚊の鳴くような声で言った。

「えっ？　ああ……」

史郎はうなずいて立ちあがった。

「どんなふうに調子が悪いんだい？　暖房が効かないの？」

「それがその……リモコンを押しても動いてくれないというか、なんというか……」

いつもと違い、歯切れの悪い口調で言う。

香奈恵は体育大学の三年生で、ビーチバレー部のエースらしい。おかげで秋だろうが冬だろうが、沖縄や宮崎など暖かいところで試合や合宿をすることが多く、小麦色に日焼けしているのである。普段の彼女は体育会系らしいハキハキしたキャラだったはずだが……。

（まあ、リモコンが壊れたらナーバスにもなるか……）

史郎は香奈恵をうながし、二階にある彼女の部屋に向かった。さすがに家電製品の修理まではできないので、現状を確認したら業者を呼ぶしかないだろう。

「どうぞ……」

香奈恵にうながされて彼女の部屋に入った。途端に女の匂いが鼻腔に流れこんできて、たじろいでしまいそうになった。

寮生の部屋に入るのは、考えてみれば初めてだった。六畳のワンルームにデスクやベッドが置かれていた。家具がたくさんあるわけでもないのに賑々しい雰囲気なのは、額に入った写真が壁にびっしり飾られているからだろう。

ビーチバレー大会のときの記念写真だ。優勝や準優勝という文字もちらほら見えるから、けっこう強いのかもしれない。

「リモコンはどれ？」

「これです……」

史郎は香奈恵に渡されたリモコンを操作し、暖房を入れた。一発で問題なく作動したので、苦笑するしかなかった。

「おかしいなあ……さっきは動かなかったのに……」

香奈恵が困った顔でつぶやく。

「電池がなくなりそうなのかもしれないね。新しいのに替えればいい。あとで買ってきておくよ」

「ありがとうございます」

香奈恵はひどく気まずげに頭をさげたが、気にすることはない。機械が気まぐれなのはよくあることだし、念のため業者に連絡をしておいたほうがいいかもしれない。

「カッコいいね？」

史郎は壁に飾られた写真を見て言った。すぐに踵《きびす》を返すのも感じが悪い気がしたので、しかたなく話を振ったのだ。

とはいえ、写真に映った香奈恵が格好いいのは嘘ではなかった。どの写真も、ビーチバレーのユニフォームである色とりどりのセパレート水着を着ていた。小麦色の肌に汗を浮かべ、笑顔をはじけさせていた。

史郎は運動が苦手なので、昔からスポーツ少女に淡い憧れがあった。どんなことでも一生懸命打ちこんでいる姿は尊いもので、運動部の女の子はそれがわかりやすいという理由もある。

それに、香奈恵は容姿がいい。凛々《りり》しいショートカットがよく似合う彫りの深い顔立ちはエキゾチックで、初対面のときは西洋人の血がちょっと入っているのかなと思ったくらいだ。

スタイルだって抜群だ。身長一六五センチくらいだろうか？　女としては背が高く、しなやかなスレンダースタイルをしている。日焼けしていなければ、「モデルみたい」とまわりに言われたに違いない。

「カッコよくないですよ……」

どういうわけか、香奈恵はふて腐れたような顔でつぶやいた。

「わたしなんか、全然……カッコよくもないし、綺麗でもないし……」

「ずいぶん自虐的だなあ」

史郎は苦笑した。

「どの写真を見ても、掛け値なしにカッコいいし、綺麗だよ……」

もっと言えば、ボディラインが丸わかりになるぴったりしたユニフォーム姿はエロティックだったが、それに関してはもちろん口にチャックである。

「はっきり言ってモテるでしょ？　ファンクラブまであったりして」

冗談半分の史郎の言葉に、香奈恵は心の底からげんなりした表情になった。

「わたしはまったくモテません」

「えっ、そんなことないだろ」

「自分で言ってるんだから、モテないと言ったらモテないんです」

香奈恵の頑《かたく》なさに、史郎はカチンときた。どう見てもモテないわけがないからだ。

「どうしてモテないんだよ？　理由を教えてくれないかな」

「そっ、それは……」

香奈恵は下を向いてもごもご言った。

「ビーチバレーのせいっていうか……」

「どうしてだい？　素敵じゃないか、ビーチバレー。夏になって近場で試合があったら、僕だって応援に行きたいくらいだよ」

「日焼けしてる女はモテないんです！」

香奈恵は叫ぶように言うと、わっと声をあげて両手で顔を覆い、その場にしゃがみこんでしまった。泣きだしたようなので、史郎は仰天し、おろおろするしかなかった。

2

香奈恵が泣いていたのは、時間にすれば二、三分のことだった。とはいえ、ただ女が泣きやむのを待つ二、三分は気が遠くなりそうなほど長い時間で、史郎は針のむしろに座らされている気分だった。

(なっ、なんか悪いこと言ったかな？)

女に対して「モテそう」というのは褒め言葉に違いないので、傷つけるようなことは言っていないつもりだったが……。

「ひどいです、管理人さん……」

香奈恵は泣き腫《は》らして真っ赤になった眼で、恨みがましく睨んできた。

「そんなふうにわたしをからかって、なんか楽しいですか？」

「いや、あの、からかってなんかないって。モテそうだからそう言っただけで……」

「こんな真っ黒に日焼けしている女、男の人って好きになります？　色の白いは七難隠すじゃないですけど、日本人の男の人は、色白の女のほうが断然好きでしょ？　絶対そうでしょ？」

言うほど真っ黒ではない、と史郎は思った。いい感じに小麦色なのだが、それはいまがオフシーズンであり、真夏になったら真っ黒になる可能性はある。それに、彼女の言うことには一理あった。たしかに、色が白いだけで女は何倍か綺麗に見える。

「そっ、そういうのは好きずきなんじゃないかなあ……」

史郎は苦しい言い訳をした。

「色白が好きな男もいれば、日焼けした女が好きな男もいる。和服で花を活《い》けてる女が好きな男もいれば、元気いっぱいのスポーツ少女が好きな男も……」

「絶対、嘘」

香奈恵はどこまでも頑なだった。

「ただ単に色黒ならともかく、わたしなんて男の人の前で裸になれませんから」

どうしてそんなきわどい話になるのだ？　と史郎は眼を泳がせた。

「だって、全身真っ黒なのに、ユニフォーム着てるところだけは真っ白なんですよ。わたしもともと色白だから、ここところだけが……」

香奈恵が指差したのは、胸と股間だ。

「当のわたしが、お風呂上がりに鏡を見るたびに絶望してるのに……そんな女を抱きたいって思う男の人、この世にいます？」

「いっ、いるんじゃないかなあ……」

史郎がそう言ったのは、彼女を慰めるためではなかった。全身小麦色で、乳房と股間だけ白く残った香奈恵のヌードを想像した瞬間、異様な興奮がこみあげてきたからである。ともすれば勃起してしまいそうなくらいだったので、反応する男は少なくないはずだった。

「いませんって！」

香奈恵は吐き捨てるように言い、プイッと横を向いた。

「いやいや……いると思うけど。決めつけていじけるのはよくないよ。世の中広いんだから……」

「じゃあ、賭けますか？」

香奈恵はすっくと立ちあがり、挑むような視線を向けてきた。

「わたしの裸を見て、管理人さんが興奮したら、日焼け女でもモテるっていう説を信用することにします」

「はっ、裸って……」

史郎は眩暈《めまい》を覚えた。

「だいたい、僕が興奮したかどうかなんて、どうやってジャッジするのさ」

「そんなの簡単じゃないですか？」

香奈恵は口許《くちもと》だけで挑発的にニッと笑った。

「男の人が興奮するとどうなるかくらい知ってます。わたしだってもう子供じゃないんで」

二十一歳の女子大生に「子供じゃない」と啖呵《たんか》を切られるのは不思議な気分だった。とどのつまり「セックスの経験くらいはある」と言いたいのだろうが、あまりにも大胆な発言である。

（彼女が裸になって、こっちもイチモツを出すってことか？　まあ、勃起してるかどうかくらい、ズボンを穿いててもわかると思うが……）

少し前までの史郎なら、尻尾を巻いて逃げだしていただろう。だが、史郎も史郎で、もう子供じゃないのだ。誘惑魔・有里の魔の手にかかり、半ば強引に大人の階段をのぼらされたのである。

「かっ、かまわないけどね……」

情けないほど上ずった声で言った。

「それでキミが納得してくれるなら……日焼けしている女はモテないって決めつけて

いじけるのをやめて、自信をもって生きられるっていうなら、ひと肌脱ぐのもやぶさかではないよ」

恩着せがましく言いつつも、史郎は香奈恵のヌードが見たかった。乳房と股間だけが白い彼女の素っ裸を……。

いささか下世話な好奇心とはいえ、見れば勃起することは確実であり、そうなれば香奈恵に自信を与えてやることができる。要するにウィン・ウィンになるわけだから、べつに問題はないだろう。

「じゃあ、脱ぎます」

香奈恵が選手宣誓するように言うと、部屋の空気がにわかに重たくなった。香奈恵はまなじりを決しているし、史郎は固唾《かたず》を呑んでいて、尋常ではない緊張感が六畳のワンルームを支配していく。

ちりちりちりちりっ……とファスナーをおろす音が、やけにうるさく耳に届いた。真っ赤なジャージの上着を脱ぐと、香奈恵は下に白いTシャツを着ていた。何度か深呼吸してからそれも頭から抜いてしまう。グレイのスポーツブラが姿を現す。アンダーバストのところに、ブランドネームの入ったやつだ。

（しっ、下着までスポーティなんだな……）

飾り気のないスポーツブラは色気とは無縁だが、ビーチバレーのユニフォームによく似ているから、香奈恵には似合っていた。スレンダースタイルでも、胸のふくらみは存在感があった。巨乳というわけではないけれど、ふっくらして丸いフォルムから女らしさが匂ってくる。

「ううう……」

自分から言いだしたこととはいえ、やはり裸になるのは恥ずかしいらしい。香奈恵は唇を噛《か》みしめながら、ジャージのズボンを一気におろした。パンティもブラと揃いのスポーティなデザインで、ビーチバレーのユニフォームを彷彿《ほうふつ》とさせた。しかし、ビーチバレーのユニフォームよりずっと生地が薄い。

（わっ、割れ目がっ……割れ目がっ……）

股間を凝視すると、ゴムボールをふたつくっつけたような形状が、くっきりと浮かびあがっていた。色気とは無縁のはずのスポーティなアンダーウエアが、にわかに卑猥なムードを漂わせはじめる。

しかも、運動部所属の面目躍如《めんもくやくじょ》か、太腿がやけに逞《たくま》しかった。全体がスレンダーなので、むちむち感がやけに目立つ。スポーツ系の女は、意外なところにいやらしさを隠しているものだと感嘆せざるを得ない。

香奈恵が左右のソックスを脱ぐと、史郎はごくりと生唾《なまつば》を呑みこんだ。これで彼女の体に残っているのはブラとパンティだけ——いよいよ彼女のコンプレックスの全貌が、あきらかになるときがやってきたのだ。

「ぬっ、脱ぎますよっ……脱ぎますからねっ……」

香奈恵が恨みがましい眼を向けてきたが、史郎はスルーした。とめてほしいのか、と一瞬思ったが、裸を見てくれと言いだしたのは彼女のほうなのである。こちらが拝み倒して見せてもらうわけではない。

「ううう……」

日焼けしていてもはっきりわかるほど恥ずかしげに顔を紅潮させて、香奈恵はスポーツブラを取った。

（おおおおっ……）

史郎は眼を見開いた。そこだけ白く残ったふたつの胸のふくらみは、予想をはるかに超えてエロかった。ＡＶでも黒ギャルものというジャンルがあるが、あれは日焼けサロンで全身隈無《くまな》く焼いているギャルをフィーチャーしている。そこだけが白く輝いている乳房は異様に生々しく、非日常的な興奮へといざなってくれる。

（ピッ、ピンクだっ……乳首がピンクじゃないかっ……）

ふたつの胸のふくらみの頂点がピンク色に染まっていることを確認すると、興奮はますますヒートアップしていった。香奈恵は「わたしもともと色白だから」と言っていたが、あれは話を盛っていたわけではなかったようだ。もともと地黒であれば、乳首も黒いに決まっているからだ。

「もっ、もういやっ！」

香奈恵はいまにも泣きだしそうな顔で、パンティを一気にめくりさげた。

「うっ、うおおおおーっ！」

史郎は雄叫びじみた声をあげてしまった。グレイのスポーツパンティの下から現れた素肌は、たしかに白かった。声をあげるほど驚愕してしまったのは、そこに真っ黒い逆三角形の草むらが茂っていたからである。

昨今はＶＩＯの処理が女子の間で流行中のようだし、薄着のユニフォームで競技に励むスポーツウーマンであれば、パイパンではないかと予想していたけれど、見事に裏切られた格好である。

（エッ、エロいっ……エロすぎるだろっ……）

こんがりと小麦色に焼けた腹部や太腿と、股間の白い素肌のコントラストがまぶしかった。黒い草むらまで加わったせいで、よけいに地肌が白く見える。乳房の白より生々しい。

「どっ、どうですか？」

パンティを脚から抜いた香奈恵は、こちらに体の正面を向けて言った。ひどく恥ずかしそうで、いまにも両手で白い部分を隠しそうだったが、そういうことをするとよけいに恥ずかしくなると思っているらしい。堂々としたいという気持ちと、堂々とできないもじもじした態度が交錯し、なんとも言えないエロスを振りまく。

「すっ、素敵だよっ……」

史郎は興奮に上ずった声で返した。

「水着の日焼け跡は、ビーチバレーに打ちこんでいるなによりの証《あかし》じゃないか。恥ずかしがらないで、誇りに思ったほうがいい……」

「そうじゃなくて、興奮しました？」

香奈恵が訝《いぶか》しげに眉をひそめ、訊ねてくる。

「そりゃもう」

史郎はニンマリと笑みを浮かべ、得意げに腰をそらせた。ズボンの中のイチモツは痛いくらいに硬くなり、股間にはしっかりと男のテントが張っていた。

3

「たっ、勃《た》ってますか？」

香奈恵がますます眉をひそめて訊ねてきた。

「勃ってるよ」

返す声音《こわね》がいささか尖ってしまったのには理由がある。史郎としてはフル勃起もいいところなのに、それを疑われることが心外だったことがひとつ。そして、疑われたということは、男のテントが小さいのではないかという不安もある。

(まっ、まさか彼女の元カレは、巨根ぞろいなのか……)

体育大学に通っているとなれば、まわりに巨漢がゴロゴロいてもおかしくなかった。身長一九〇センチオーバーの男と、一七〇センチそこそこの史郎では、ペニスのサイズも違ってくるだろう。身長とペニスのサイズはかならずしも比例しないかもしれないが、比例する場合だって少なくないはずだ。

「……いいですか?」

香奈恵が小声をかすれさせ、

「えっ? いまなんて言った?」

聞きとれなかった史郎は問い返した。

「見せてもらっていいですか?」

「はっ?」

史郎は一瞬、絶句した。

「女のわたしが裸になってるんだから、管理人さんも裸になるのがフェアってものだと思いますけど……」

上眼遣いをチラチラ向けられ、史郎の心臓はにわかに早鐘を打ちだした。彼女の言い分も、わからないではなかった。史郎としては充分に男のテントを張っているつもりでも、たしかに確固とした証拠としては弱いかもしれない。裸になってそそり勃ったペニスを見せつければ、興奮している証拠を一発で示せる。

とはいえ……。

香奈恵の元カレに巨根疑惑が浮上した以上、裸になるのは勇気が必要だった。ペニスなんて大きければいいというものではないと誰もが言うが、本当だろうか？　乳房だって大きければいいというものではないだろうが、巨乳に惑わされ、巨乳の軍門に下ってしまう男だっている。当の史郎自身が、巨乳の誘惑に抗《あらが》いきれず、管理人として越えてはいけない一線を越えてしまった。

「脱いでください！」

香奈恵が険しい眼つきで睨んでくる。

「興奮してるっていうなら、その証拠をしっかりこの眼で確認させて」

「……いいけどね」

史郎は溜息まじりにうなずいた。彼女ばかりを全裸にしておくのは、さすがに人としてどうかと思ったからだった。

「脱げばいいんだろ、脱げば……」

「ここはフェアに、全裸になってください」

「わかったよ……」

セーターやシャツを脱ぎ、ズボンを脚から抜いた。ブリーフを露わにすると、男のテントがよりあからさまになったので、チラと香奈恵を見やった。勃起してるってわかるよね？　と眼顔で伝えたつもりだったが、完膚なきまでにスルーされた。彼女は意地でも、こちらを全裸にしたいらしい。

（まあ、いいけどね……そんなに見たいなら見せてやるけど……）

もはやすっかり諦めの境地で、ブリーフをめくりさげた。勃起しきったペニスが唸りをあげて反り返り、湿った音をたてて下腹を叩いた。我ながら空前絶後の勃ちっぷりだった。十代のころの朝勃ちでも、ここまで反り返っていたことはないのではないだろうか？

香奈恵を見た。両手を腰にあて、どうだ？　とばかりに勃起しきったペニスを誇示する。体育大学の巨漢にはサイズ的に負けるかもしれないが、興奮状態にあることは一目瞭然だろう。香奈恵の視線を意識したことで、ますます反り具合がえげつなくなったほどだ。

「……勃ってますね」

香奈恵が小声でボソッと言い、

「そうだろ」

史郎は得意げに胸を張った。

「キミの裸が素敵だから、恥ずかしいくらいに勃っちまった。日焼けしてることなんて気にすることはない。これからはもっと自分に自信を……」

言葉が途中で切れたのは、香奈恵が身を寄せてきたからだった。いきなり息のかかる距離まで接近してきたので、史郎は後退《あとずさ》ろうとした。無理だった。狭いワンルームなので、背中が壁にあたってしまった。

「オチンチン、触ってもいいですか？」

上眼遣いでささやかれ、

「いいわけないだろ！　なにを言ってるんだ！」

史郎は反射的に声を荒らげた。

「だって、見た目的にはたしかに勃ってますけど、硬くなってないかも……触ったら意外にフニャフニャだったり……」

香奈恵の主張に、史郎は呆れた。彼女は男の体のメカニズムが、まったくわかっていないようだった。フニャチンが臍《へそ》を叩く勢いで反り返るわけがないが、それを説明しようとすると、うまい言葉が浮かんでこない。

「触りたかったら、触ればいいよ……」

抗うことが面倒になってそう言うと、香奈恵は眼を爛々《らんらん》と輝かせた。息をとめて、右手を史郎の股間に伸ばしてきた。

「ううっ！」

指先がペニスに触れた瞬間、史郎は反射的に腰を引っこめようとした。ただ、九つも年下の女子大生に、逃げ腰になった情けない姿をさらすことには抵抗があり、なんとか我慢した。

「……硬いですね」

指先で撫でるように触りながら、香奈恵が言った。

「それに熱い……これはたしかに、興奮してそう……」

こちらを見ている香奈恵の黒い瞳が、にわかにねっとりと潤みだした。ペニスを撫でる指使いもどんどん大胆になっていき、手筒を使ってしごきはじめる。すりっ、すりっ、と……。

「ねえ、管理人さん……」

「なっ、なんだよ？」

「わたしちょっと……おかしな気分になってきちゃいました……」

瞳を潤ませるだけではなく、吐息までハアハアとはずみだす。

「おっ、おかしな気分って……」

史郎は困惑顔で首をかしげたが、香奈恵の発した言葉の意味がわからないわけではなかった。なぜなら史郎もまた、おかしな気分になっていたからである。

お互い全裸を見せつけあい、あまつさえ勃起しきったペニスまでしごかれて、いやらしい気持ちにならないほうがおかしい。

（やっ、やれるんじゃないかっ……これはやれる流れなんじゃや……）

ドクンッ、ドクンッ、と心臓を高鳴らせながら、邪悪な想念が脳裏をよぎっていく。ほんの少し前、まだ童貞のころの史郎なら、そんなことは考えもしなかっただろう。有里と同様、香奈恵も〈まほろば荘〉の寮生であり、セックスをしていい相手ではないからである。

しかし、部屋の空気が淫らな方向に傾いていくと、セックスがしたいという抜き差しならない欲望が、身の底からこみあげてきた。童貞時代には味わったことのない渇望感とともに……。

セックスは癖になるものなのかもしれない。経験がないころには我慢できても、セックスの気持ちよさを知ってしまうと、とても我慢できないのだ。いますぐ服を着て自室に戻り、オナニーをしたところでこの渇望感からは逃れられないだろう。オナニー自体は、童貞を喪失してからも毎日しているが、以前のように満足できなくなった。自分で自分のイチモツをしごけばしごくほど、セックスがしたくてしたくて、いても立ってもいられなくなった。

それでも、根が真面目な史郎は、マッチングアプリでセフレを探したり、貯金をおろしてソープランドに行くことはなかった。歯を食いしばって耐えがたきを耐えていたわけだが、こんな状況になってまで真面目人間を貫くのは難しかった。すりすりっ、すりすり、と香奈恵がペニスをしごくほどに、先端の鈴口からじわりと熱い我慢汁があふれてくる。

「こっ、こっちも触っていいかい?」

卑屈な上眼遣いを香奈恵に向け、そっと訊ねた。

「いや、その、なんというか……こっちだけ触られてるのはフェアじゃないような気がするけど……」

「いいですよ」

香奈恵は恥ずかしげに身をすくめたが、触られることを拒否しなかった。これは絶対にやれる! と史郎の中でもうひとりの自分が快哉《かいさい》をあげる。

「それじゃあ……ちょっと失礼……」

史郎は右手の人差し指を立てると、丸みを帯びた乳房の先端に咲いている、ピンク色の乳首をちょんと突いた。

「あんっ!」

香奈恵の口からもれた高い声は、異常に女っぽかった。あきらかに日常生活では発することのないトーンだったので、史郎は激しく興奮してしまう。

（かっ、感じやすいのかな……）

そこだけが白いせいで、丸い乳房とピンクの乳首は、いかにも感度が高そうだった。今度は両手の人差し指を立てて、左右の乳首をコチョコチョとくすぐりだす。

「あんっ……ああーんっ……」

香奈恵は身をよじって反応した。ただ感じているだけではなく、こちらを挑発するような動きだった。しかも、ペニスをしごく手指の動きはストップすることなく、熱を帯びていくばかりだったので、史郎は脳味噌が沸騰しそうなほどの興奮状態にいざなわれていった。

4

気がつけば、史郎は香奈恵をベッドに押し倒していた。鼻息を荒らげてむしゃぶりついた、と言ってもいい。

男の本能に火をつけられ、自分で自分を制御できなかった。またもや寮生とあやまちを犯してしまうことになるが、セックスの味を知ってしまった男の渇望感の前では理性などものの役に立たなかった。

「むううっ……むうううっ……」

香奈恵に馬乗りになって、真っ白い双乳を揉みくちゃにした。乳肉は驚くほど柔らかく、素肌が妙にじっとりしていた。こねるように揉み倒せば、白い乳肉が手のひらに吸いついてくるようだ。

「ああっ、いやっ……あああああっ、いやああああっ……」

香奈恵はハアハアと息をはずませ、激しいまでに身をよじっている。ついこの前まで童貞だった史郎にも、彼女が発する「いや」が拒絶を意味していないことはわかった。その証拠に、表情が刻一刻と女らしくなっていく。せつなげに眉根を寄せ、ぎりぎりまで細めた眼ですがるようにこちらを見つめてくる。

「うんんっ！」

唇を重ね、舌をからめあわせた。香奈恵は一瞬、唇を引き結んで抵抗の素振りを見せたが、陥落までそれほど時間はかからなかった。

「うんんっ……ぅんんっ……」

史郎は香奈恵の舌をしゃぶりまわしながら、乳首をつまんで指の間で押しつぶした。刺激的だったらしく、香奈恵は鼻奥で悶え泣いた。史郎はひとしきりキスを堪能すると、馬乗りの体勢のまま後退り、左右の乳首を代わるがわる口に含んだ。清らかな色合いに反して、やたらと硬く尖っていた。

（いっ、いやらしいっ……いやらしいっ……）

チュパチュパと音をたてて吸いたてては、舌先を尖らせて舐め転がす。二十一歳の若さでも、性感帯を刺激してやればこんなにもいやらしい反応を示すのかと、感嘆せずにはいられない。

（たまらないじゃないかよ……）

欲望に火がついてしまった史郎は、さらに大胆な愛撫を繰りだすことにした。クンニリングスである。有里にはフェラはされたが、クンニはできなかった。どうせならしておけばよかったと、こっそり後悔していたのだ。

「ああっ、いやっ……」

史郎はさらに後退り、香奈恵の両脚をM字に割りひろげた。衝撃的な光景に、まばたきも呼吸もできなくなった。

日焼けから取り残された白い股間には、黒々とした逆三角形の陰毛が生えていた。野性的と言ってもいいような生えっぷりで、なんだか彼女の性欲の強さを表しているかのようである。

さらに下へと眼を向ければ、湿り気を帯びた黒い繊毛《せんもう》に縁取られて、アーモンドピンクの花びらがぴったりと口を閉じていた。それが形作る縦一本の筋が、身震いを誘うほどいやらしかった。すべての男を惑わし、夢中にさせる縦筋の破壊力は、想像をはるかに超えていた。

「むううっ……」

史郎は鼻息を荒らげて、顔を近づけていった。口を開いて舌を差しだし、尖らせた先端でツツーッと縦筋を舐めあげる。

「あううぅっ！」

香奈恵は反射的に両脚を閉じようとしたが、もちろんそんなことはさせなかった。スポーツウーマンらしい逞しい太腿を、逆にぐいぐいとひろげつつ、アーモンドピンクの縦筋を、下から上に、下から上に、ねちっこく舐めあげていく。

やがて花びらの合わせ目がほつれ、つやつやと濡れ光る薄桃色の粘膜が恥ずかしげに顔をのぞかせた。むっとする発情の匂いが嗅覚を打ち、トロトロとあふれだす新鮮な蜜の様子が視覚を刺激する。

（こっ、これがっ……これがオマンコの味かっ……）

それはいままで口にしたなににも似ていなかった。ただ、くにゃくにゃした花びらと、ヌメヌメした粘膜の感触が、眩暈を誘うほどいやらしく、男の本能をぐらぐらと揺さぶりたててくる。

「はぁううぅーっ！」

香奈恵が甲高い声を放ってのけぞった。一瞬、意味がわからなかったが、どうやら舌先が敏感な部分に触れたようだった。花びらの合わせ目の上端にある、女の官能を司《つかさど》る敏感な肉芽に……。

（ここが感じるわけだな……）

生まれて初めて間近で見た女性器はどこまでも複雑で、クリトリスがある場所を簡単には特定できなかった。香奈恵の反応を頼りに、史郎は舌を動かした。反応がいいところが性感帯、つまりクリトリスであるはずだ。

「はぁううっ……はぁうううっ……はぁううううぅーっ！」

香奈恵は背中を弓なりに反らし、ガクガクと腰を震わせた。ＡＶ女優もびっくりないやらしすぎる反応だった。手応えを感じた史郎は、夢中で舌を動かした。するとやがて、舌先に小さな突起を感じることができた。これがクリトリスに違いないと、ますます熱烈に舌を動かしていく。

「ああっ、いやああっ……あああっ、いやあああっ……」

香奈恵は右に左に首を振り、手放しでよがり泣きはじめた。Ｍ字に割りひろげた足の先端、爪先をぎゅっと丸めていた。なにかをこらえるようなそんな姿にそそられて、史郎はチューッとクリトリスを吸いたてたが、

「あうううーっ！　まっ、待ってっ！　待ってくださいっ！」

香奈恵が声をあげて制してきた。

「舐めるのはっ……舐めるのはもういいですっ……もういいですからっ……」

媚《こ》びるような上眼遣いを向けられ、史郎はクンニを中断することにした。香奈恵がこちらを制してきたのは、もう満足したからではなく、さらに先にある刺激が欲しいからのようだった。

（いっ、入れてほしいわけか……）

にわかに緊張感が訪れ、史郎は胴震いした。とはいえ、女が欲しがっているタイミングを逃しては、男がすたる。ぼんやりしている暇などないのである。

頑張れ、頑張れ、と自分を励ましながら、香奈恵の両脚の間に腰をすべりこませ、正常位で結合する体勢を整えていく。有里には騎乗位で一方的に犯された感じだったので、期待と不安が胸の中で交錯する。

（大丈夫だろ……セックスなんてみんなやってることなんだ……本能に従えば大丈夫さ……本能に従えば……）

勃起しきったペニスを握りしめ、切っ先を濡れた花園にあてがっていく。ヌルッとすべった感触が気持ちよすぎて、一瞬動けなくなる。

それでもなんとか自分を鼓舞して、腰を前に送りだした。両脚をM字にひろげている香奈恵の中心を、硬く膨張した男の器官で貫いていく。

「むうっ……」

史郎は額に脂汗《あぶらあせ》を浮かべながら、じりじりと結合を深めていった。思ったよりもスムーズに挿入できたのは、香奈恵がよく濡れていたからだ。加えて、AVを日課のように観ているせいもある気がした。AVはまさしくセックスの教科書、この世にAVがあってくれたことに感謝しながら、ペニスを根元まで埋めこんでいく。

「んんんーっ！」

結合が深まっていくほどに香奈恵は眉間の縦皺を深め、すべてを入れると鼻奥から声をもらした。いやらしすぎる顔をしていた。それ以上に、両脚をM字にひろげてペニスを挿入されている姿の破壊力がすごい。AVではよく見る光景でも、いま香奈恵を貫いているのは、他ならぬ自分のペニスなのだ。

「ああっ……」

香奈恵がすがるような眼つきで両手を伸ばしてきた。抱きしめてほしいようだった。史郎としてはもっとじっくり香奈恵の裸身を眺めていたかったが、しかたなく上体を覆い被せていく。

「……ぅんんっ！」

顔と顔とが接近すると、自然と唇が重なった。舌をしゃぶりあう濃厚なキスを交わしているうち、腰の裏側がむずむずと疼きはじめた。動きたいのだが、初体験の正常位なのでどう動けばいいかわからない。

すると、香奈恵のほうが動きだした。最初は身をよじる感じだったが、次第に腰を使いはじめた。下になっているにもかかわらず、ピストン運動をうながすように、クイッ、クイッ、と股間をしゃくってくる。

(やっ、やるじゃないか……)

史郎は汗まみれの顔をこわばらせた。相手は九つも年下の二十一歳、にもかかわらずセックスの場数では完全に後れをとっているようだった。

もちろん、この期《ご》に及んでそんなことを気にしたところでしかたがないことだった。クイッ、クイッ、と香奈恵が股間をしゃくる動きに合わせて、史郎はペニスの抜き差しを開始した。最初はかなりぎこちないものだったが、香奈恵と呼吸を合わせることを意識すると、だんだん様になってきた。おそらく、香奈恵のほうがこちらに合わせてくれているのだろうが……。

「あぁあああああーっ！」

喜悦に歪んだ声をあげ、抱擁《ほうよう》に力をこめてくる。下からぎゅっと抱きしめられると、史郎は興奮した。求められている、という実感がこみあげてきた。女が男を求めているなら、男は女を気持ちよくしてやらなければならないだろう。

「むううっ！」

胸いっぱいに息を吸いこんでから、連打を送りこんだ。香奈恵の中はよく濡れていたから、ペニスの動きはスムーズだった。濡れた肉ひだにカリのくびれがこすれると、泣きたくなるくらいの快感がこみあげてきた。その刺激を求めて抜き差しを繰り返していると、香奈恵の体が火照ってきたのを感じた。

「ああっ、いいっ！」

叫ぶように言い、潤みに潤んだ瞳で見つめてくる。

「きっ、気持ちいいっ！　気持ちよすぎるーっ！」

香奈恵の言葉に嘘はないようだったので、史郎の胸は熱くなった。とはいえ、これが人生二度目となるセックス初心者には、追撃のヴァリエーションがなかった。本当なら、体位を変えたりするのだろうが、ただ同じ動きを繰り返すしかない。肺から酸素がなくなっても、しつこいまでにペニスの抜き差しを続ける。

「ああっ、いやっ！　いやいやいやあああっ……」

腕の中で香奈恵がのけぞった。

「イッ、イッちゃそうっ……わたし、イッちゃいそうですっ……」

「ええっ！」

史郎は素っ頓狂な声をあげてしまった。セックスにおいて女をイカせるのは、すべての男の夢だろう。ただ、自分のような初心者には、そんな日が訪れるのはまだまだ先だと思っていたので、びっくりしてしまった。

「イッ、イキそうなの？　本当にイキそうなの？」

「ああっ、イキそうっ……もうすぐイッちゃいそうっ……」

言葉だけではなく、香奈恵は下からぐいぐいと腰を使ってきた。それも、直線的に抜き差ししている史郎の動きに対し、横に揺れたりグラインドさせたり、緩急をつけて摩擦の快楽をむさぼり抜こうとする。その切迫した動きに史郎も触発され、抜き差しのピッチを限界までスピードアップさせていく。

「ああっ、ダメッ！　もうダメッ！　イッ、イッちゃうっ！　わたし、イッちゃいますっ……イクイクイクイクッ……はぁあああああーっ！」

叫び声をあげながら、ビクンッ、ビクンッ、と腰を跳ねあげた。どうやらオルガスムスに達したようだった。腕の中にいる女体はいやらしいほど体中を痙攣《けいれん》させ、ペニスが収まっている肉穴もぎゅっと締まった。

「おおおおっ……」

生まれて初めて経験する女の絶頂を、けれども史郎はじっくり噛みしめることができなかった。

「こっ、こっちもっ……こっちも出るっ……」

差し迫る射精の前兆に思考のすべてをなぎ倒され、ただ男の精を吐きだすことしか考えられなくなった。本能の赴《おもむ》くままにフィニッシュの連打を放ち、ぎりぎりのところで上体を起こしてペニスを抜いた。

「うおおおおーっ！　ぬおおおおおーっ！」

香奈恵の漏らした蜜でネトネトになった肉棒を、みずからの右手でしごいた。顔が燃えるように熱かった。次の瞬間、ドクンッと音をたてそうな勢いで男の精が放出され、香奈恵の腹部にかかった。ドクンッ、ドクンッ、ドクンッ、と射精はたたみかけられ、史郎は身をよじりながらネトネトの肉棒をしごきつづけた。

「おおおおっ……おおおおおっ……」

野太い声をもらしながら最後の一滴まで漏らしおえると、異変が起こった。香奈恵が上体を起こし、こちらに顔を向けて四つん這いになったのだ。いったいなんのつもりかと思ったら、射精を終えたペニスを頬張ってきた。

「くっ、くぉおおおおおーっ！」

史郎は首に筋を浮かべてのけぞった。ペニスは彼女が漏らした発情の蜜でネトネトになっているだけではなく、亀頭に白濁液までついている。それをためらうことなく口に含み、口内でねろねろと舌を動かしてきた。

（こっ、これはっ……これはっ……）

いわゆる、お掃除フェラというやつである。射精を終えたばかりのペニスを刺激されてもくすぐったいだけだが、香奈恵の献身的な態度に目頭が熱くなりそうになった。AVではよく見かけるプレイでも、ギャラも発生しなければカメラもまわっていない日常の中で、そんなことをする女なんていないと思っていた。

しかし、いた。

香奈恵はアクメの余韻が生々しく残った顔で執拗にペニスをしゃぶりまわしてきた。史郎は感動しつつも、ドクンッと射精してしまった。最後の一滴まで漏らしたつもりだったのに、香奈恵のお掃除フェラが刺激的すぎて、追加の射精を三回も果たしてしまった。

5

史郎と香奈恵はベッドにあお向けになり、荒ぶるだけ荒ぶった呼吸を整えた。

狭いシングルベッドだから、腕や脚がくっついていた。射精を遂げた気怠《けだる》い気分の中、女の肌の温度を感じているのは悪い気分ではなかった。

「わたしたち、体の相性がいいみたいですね……」

香奈恵が史郎の顔をのぞきこんで言った。

「わたし、そんなに簡単にイカない体質なのに、あっさりイカされちゃって……しかも、最初のセックスなのに……」

「嬉しいよ」

史郎も香奈恵を見つめ返してささやいた。女を絶頂に導くことは、男に喩《たと》えようのない満足感や達成感を与えるものらしい。自分が男らしい男だと思えるし、女を支配した気分にすらなる。

そんな精神的な悦《よろこ》びと同時に、肉体的な興奮もすさまじかった。女体がオルガスムスの痙攣を迎えると、抱き心地が百倍くらいいやらしくなるし、肉穴の締まりもよくなる。香奈恵がイク前にはそこそこ余裕があったのに、彼女がイッた途端に射精に達してしまったほどだ。

「わたしのこと、お嫁さんにしてくれますよね？」

「……はっ？」

意味がわからず、史郎はキョトンとしてしまった。

「ごめん、いまなんて言った？」

「わたしのこと、お嫁さんにしてくれますよね？」

こちらを見つめる香奈恵の瞳はどこまでも澄んで、冗談を言っているようには見えなかった。それが逆に怖かった。冗談でないなら、いったいいまの発言は……。

「いやいやいや……」

ひとまず否定しないと大変なことになりそうだった。

「結婚とかそういうのは、僕はまだ考えたことがないっていうか……」

男ならセックスをした責任をとれ、と香奈恵は言いたいのだろうか？　いくらなんでも、令和のこの時代にそんな考えは古すぎるだろう。愛の告白をしたわけでもないし、どう考えても、お互いノリでやってしまった一発なのでは……。

「結婚について考えたことないんですか？」

香奈恵が眉をひそめて訊ねてくる。

「あっ、ああ……僕はその、かなりの仕事人間だから……いまは女子寮の管理人に身をやつしているけど、いずれは普通のサラリーマンに戻って……」

「二年以内に本社に呼び戻される予定なんですよね？」

「ええっ？　どうしてそれを……」

史郎はベッドから転げ落ちそうなくらい驚いた。そんな話は、寮生の前では一度もしていない。

「だって、本社に戻る前にお嫁さんを見つけるつもりだって、もっぱらの噂ですよ。花嫁募集中だって……」

「いったい誰がそんなこと……」

「管理人さんの上司だと思いますけど……管理人さんが赴任してくるちょっと前にこ

こに来て、みんなを集めてその話をしたんです。山根さんっていったかな？　なんだかすごく暑苦しい人……」

史郎は気が遠くなりそうになった。

（やっ、山根課長っ……それはさすがにやりすぎだろ……）

左遷されている間に婚活しろと史郎にも焚《た》きつけてきたけれど、寮生たちにまでそんなデマを流すなんて、いくらなんでも滅茶苦茶である。

いまの婚活市場では女のほうが積極的だし、実際〈まほろば荘〉の寮生たちも恐ろしいほど大胆だった。女についてはからっきしである史郎の尻を蹴飛ばすより、寮生たちを煽《あお》ったほうが話が早いと思ったのかもしれないが……。

「わたし、ビーチバレーに打ちこみすぎて、教職の単位を取るの無理っぽいんですよね……」

香奈恵はにわかに遠い眼になると、問わず語りに話をはじめた。

「体育大学を卒業して教員になれないってなると、かなり未来が暗いっていうか……でもわたし、こう見えてけっこう家庭的だから、卒業即結婚って道が残されてるかもって思ったんですよ。ご主人様のお世話をして、パートでちょっとお小遣い稼いで、子育てが一段落したらバレー教室のコーチでもやれば、それなりに充実した人生を送れるんじゃないかって……」

どんな人生設計を立てようが個人の自由だが、勝手にこちらをキャスティングされても困る。

「それに、管理人さんって、いいところのお坊ちゃんなんでしょ？」

「はあ？」

「山根さんが言ってましたよ、今度来る管理人の実家は、軽井沢に別荘があるような富裕層だって……」

いよいよ頭が痛くなってきた。無茶苦茶なデマを飛ばした山根も山根だが、そんな馬鹿げた話を額面通りに信じてしまう香奈恵も香奈恵である。

彼女はけっして悪い子ではない。なんなら体の相性だっていいかもしれないが、うまい話を鵜呑《うの》みにするにも限度があるし、それにも増して寝技で永久就職をつかみとろうとする態度はいただけなかった。

そもそも、そんなふうにしてゴールインした結婚が、長続きするとはとても思えない。曲がりなりにも永遠の愛を誓うからには、それなりにしっかりした人間関係の構築が必要なのではないだろうか？　打算のために体を投げだすとか、そんなことでいいのだろうか？

（待てよ……寮生たちに僕が花嫁募集中だってデマがひろまってるから、有里もあんな色仕掛けをしてきたんじゃないのか……）

背筋がゾクッと悪寒《おかん》に震えた。

有里や香奈恵だけではない。モテには無縁な人生を送ってきた史郎なのに、〈まほろば荘〉に来てから妙に色目を使われている気がしていたのだ。最初は、女ばかりの寮に独身男子がやってきたせいかとも思ったが、その背景に山根課長の事実無根なデマ飛ばしがあったとなると、放置しておくわけにいかなかった。

第三章　甘美なお仕置き

1

その日の夕食のメニューはスパイスカレーだった。

わざわざ上野のアメ横まで行ってスパイスを買い求めてきた入魂のひと皿だったので、寮生たちはいつも以上にキャッキャとはしゃぎ、笑顔をはじけさせていた。それはそれで管理人冥利につきるというか、純粋に嬉しかったが、今日はいささか耳障りの悪い話で冷や水をかけさせてもらわなければならない。

史郎はキッチンからリビングに出てきてコホンとひとつ咳払いをすると、

「あー、すいません！　みなさん、食べながら聞いてください」

教壇に立った教師のように話を始めた。

「僕に関するおかしな噂についてです……えー、本社勤め時代のおせっかいな上司がおりまして、僕に婚活を勧めてきたのはいいんですが、みなさんにまでよけいなことを吹きこんでしまったらしく……僕が花嫁募集中とか、実家が富裕層とか全部嘘ですから……うちの両親は軽井沢で小さなペンションを経営してますが、富裕層でもなんでもないです。年中無休で働いても、塗装の剝《は》げた外壁をなかなか修理できないくらいで……それに、僕はいまのところ結婚するつもりはございません。婚活と言われてもピンとこないし、ましてや神聖なる職場で花嫁候補を探すなんて、あってはならないことだと思っております。食事中につまらない話をしてしまって恐縮ですが、もし誤解をなさっている向きがあれば、ご注意願いたいと思っている次第です……」

史郎が話を終えるころには、リビングは静まり返っていた。

有里や香奈恵がぶんむくれているのは想定内だったが、他にもしらけきった顔がちらほら見える。彼女たちまで花嫁候補に名乗りをあげようとしていたのかと思うと、溜息しか出てこない。

（これが人生初のモテ期の結末か……）

ハリボテのモテ期なのだから、残念な結末を迎えるに決まっているが、淋しい気持ちになってしまう。自分がもっと悪い人間であれば、山根課長が流したデマに乗じて寮生たちと次々に関係をもっていたかもしれない。

とはいえ、悪い人間を待ち受けるのはバッドエンドに違いなく、取り返しのつかない事態に陥《おちい》っていた可能性もある。早急にデマを否定し、自分の立場や気持ちを正確に伝えることができて、よかったと思うしかないだろう。

その日から〈まほろば荘〉の居心地は悲しいくらいに悪くなった。

有里や香奈恵は顔を合わせるたびに嚙みつきそうな顔で睨んでくるし、他の寮生たちもいままで色目を使ってきたのが嘘のように、冷ややかな態度で接してきた。どれだけ腕によりをかけて食事をつくっても、全員が黙々と口を動かすだけで、ごちそうさまの言葉すらない。

（ま、いいけどね……）

史郎はさすがに落ちこんでしまい、管理人室で飲む寝酒の種類が缶チューハイからウイスキーに変わった。ハードリカーで身も心も痺れさせなければやっていられないほどのストレスを感じ、いっそ辞表を出してやろうかと思ったくらいだ。

そんなある日の深夜——。

ＹｏｕＴｕｂｅを見ながら安物のウイスキーをチビチビ飲んでいると、

「あめんぼ　あかいな　アイウエオ……うきもに　小えびも　およいでる……かきのき　くりのき　カキクケコ……」

外から女の声が聞こえてきた。滑舌をよくするための発声練習をしているらしく、このところ毎日深夜になると聞こえてくる。

声の主は浅井貴子《あさいたかこ》――超難関校として知られる国立大学の三年生で、民放キー局の女子アナウンサーを目指しているらしい。

「寒い中、よくやるな……」

管理人室の外は、吹きさらしの屋上である。このところ冬の寒さはいちだんと厳しくなっているので、深夜の野外は凍えるほどだろう。それでも貴子の発声練習は熱を帯びていくばかりだから、感心する他ない。

史郎はパソコンのボリュームをさげ、貴子の発声練習に耳を傾けた。

「きつつき　こつこつ　かれけやき……ささげに　酢をかけ……サシスセソ……　そのうお　浅瀬で　さしました……」

容姿に関しては粒ぞろいと言っていい〈まほろば荘〉の寮生の中でも、貴子の美貌は群を抜いていた。びっくりするほどの小顔に、つやつやした長い黒髪。切れ長の眼は涼しげで、唇はまるで薔薇《ばら》の花びらのよう。才色兼備とか高嶺《たかね》の花という言葉をためらうことなく使うことができる、クールビューティと言っていい。

見た目が綺麗なだけではなく、どこか超然としたムードがあり、まわりの寮生と笑顔でおしゃべりに興じている姿なんて見たことがなかった。ひとりだけ浮いていると いうか、女の園に馴染んでいない感じで、史郎についても彼女だけはまったく興味を示さず、完膚なきまでに無関心を決めこんでいた。

要するに、他力本願の永久就職なんてどうでもよく、自分の力で未来を切り拓《ひら》こうとしているのだろう。

その意気やよし、と思うのだが……。

「立ちましょ　らっぱで　タチツテト……トテトテ　タッタと　飛びたった……」

頭脳明晰で美しい彼女も、声だけはいまひとつと言わざるを得ないのがつらいところだった。低くてしゃがれたいわゆるハスキーボイスで、聞きようによっては年齢にそぐわないほどセクシーではある。ただ、歌手や女優ならそれも個性のひとつになり得るが、女子アナには向いていない気がしてしようがなかった。

もちろん、本人だってそんなことはよくわかっているだろうし、簡単に夢を諦めない態度には好感がもてた。彼女の学歴があれば上場企業のキャリアウーマンにだってなれそうなのに、あえて女子アナを目指すというのなら赤の他人がとやかく言う必要はない。

「夢、叶《かな》えばいいけどな……」

ウイスキーをちびりと飲んでは、貴子の未来に思いを馳せてカランと氷を鳴らす。

夢のある人生はいい。それも、大それた夢であるほど若い人にはよく似合う。史郎はいままで、これといった夢や希望もない人生を送ってきたので、彼女のことがことさらまぶしく輝いて見えた。

2

日曜日の昼下がり、史郎がリビングの掃除をしていると、寮生のひとりが声をかけてきた。

「あのー、管理人さん……いまちょっと時間あります？」

金髪のおかっぱがトレードマークの山崎《やまざき》エチカ――〈まほろば荘〉の中でもひときわ個性的なコスプレイヤーである。

「んっ？　どうかしたの？」

史郎は掃除の手をとめてエチカを見た。初対面のときはメイドのコスプレをしていたが、今日はゴシックスタイルの黒いマントを羽織っていた。アニメに出てくる魔女のコスプレだろうか？　首のまわりには黒いファー、眼のまわりが真っ黒なメイクもインパクト絶大だ。彼女はいつだってその調子で、最初こそかなり違和感を覚えたものの、最近ではもう慣れた。

「新作の衣装の感想が欲しいんですけど、見てもらってもいいですか？」

「その格好かい？」

「いいえ、着替えるから部屋で見てほしいんですけど……」

「うーん」

史郎は腕組みをして唸った。

「僕はコスプレに詳しくないからなあ……」

それは事実だったが、寮生の部屋に入るのはもうたくさんというのが本音だった。

「同世代の子に感想を聞いたほうがいいんじゃないの。誰かいるだろ？」

「それがいないんですよー。今日に限ってみんな出払ってて……」

「帰ってくるまで待てば……」

「いますぐにでも新作の画像をＳＮＳにアップしたいんですー」

「うーん」

史郎は再び唸った。コスプレ写真を頻繁《ひんぱん》にアップしているエチカのＳＮＳは、フォロワー数が十万人を超えているらしい。もはやちょっとした芸能人並みの人気者と言っていいし、バイトがわりに収益化していれば、遊び半分の適当さでは済まされないのかもしれない。

「じゃあ、まあちょっとだけ……でも、あんまり期待しないでくれよ。門外漢もいいところなんだから、たいした感想は言えないからね」

「はーい」

　嬉しそうな笑みを浮かべたエチカに続いて、史郎は階段をのぼっていった。寮生の部屋には入りたくなかったが、彼女なら間違いが起こるようなことはないだろうと思った。

「花嫁募集中でもなければ、実家も富裕層ではない」宣言をして以来、寮生たちは史郎に対して冷たくなったが、エチカはその輪の外にいた。女子アナ志望の貴子同様、我が道を行くタイプだし、まだ十九歳の大学一年生。奇抜な格好やメイクをしていても、素顔にはあどけなさが残っているくらいだから、色仕掛けをされる可能性なんてないはずである。

「どうぞ……」

　エチカに部屋に通された。予想はついたことだが、剥きだしのハンガーラックが所狭しと立ち並び、コスプレ用の衣装がびっしりと掛かっていた。本棚を改造して造ったらしき靴箱には派手な靴がぎゅうぎゅうに詰めこまれ、床にはアニメのＤＶＤがうずたかく積みあげられている。なんだか巨大なクローゼットに迷いこんでしまった気分である。

「すいませんけど、そこに座ってください」

　エチカがうながしてきたのはベッドだった。たしかにそこくらいしか座るところがなかったので、史郎は腰をおろした。

「じゃあ、ちょっと着替えますので、これをしてもらっていいですか？」

アイマスクを手渡され、

「あっ、ああ……」

史郎は戸惑いながらもそれを装着した。視界が黒く塗りつぶされると、怖《お》じ気《け》づかずにはいられなかった。

（着替えるなら、廊下で待ってるのに……）

そう思ったところで、もはや後の祭り。意識していると思われるのも癪《しゃく》なので、黙って待つしかない。

けっこう長いこと待たされた。ゆうに五分以上だろうか？

「目隠しはずしてもいいですよ」

エチカに声をかけられ、史郎はアイマスクをはずした。

「ええっ……」

思わず声がもれてしまった。

エチカは黒いレオタードを着ていた。それも普通のものではなく、ラバー製のレオタードだ。さらに両脚にも黒いラバーでできたニーハイブーツを履いている。ボンテージファッションというか、さながらＳＭの女王様だ。

（エッ、エロいっ……エロすぎるだろ、これはっ……）

史郎の呼吸はにわかに荒くなった。馬子《まご》にも衣装と言うけれど、十九歳の健《すこ》やかなボディが一瞬にしてエロティックになった。近ごろのアニメは、こんないやらしい格好をしたキャラが登場するのだろうか？　エチカの放つアブノーマルな雰囲気にあてられ、ともすれば勃起してしまいそうである。

「どうですか？」

エチカはその場でくるりと一回転した。

「わたし的にはけっこうイケてると思うんですけど、男の人の視点だとどんな感じでしょうか？」

どうもこうもないだろ！　と史郎は胸底で絶叫した。エチカが一回転したとき、後ろ姿に悩殺された。背中を大胆に見せているし、小ぶりな尻の桃割れに黒いラバーのレオタードが思いきり食いこんでいた。それを見た瞬間、史郎はさすがに勃起してしまった。

「フォ、フォロワー数が……倍増しそうなコスプレだねえ……」

かろうじてそれだけ口にすると、

「嬉しい」

エチカは両手を合わせて満面の笑みを浮かべた。

「わたしもそれを狙ってるんですよ。フォロワー数を増やすには、もう露出を増やすしかないんじゃないかなって」

「なっ、なるほど……」

「それで、次に着替える衣装はもっと肌色が多いんです」

次もあるのか、と史郎は息を呑んだ。

「もう一回、目隠ししてもらっていいですか？」

「……いいけどね」

史郎はほとんど呆然とした状態で再びアイマスクを装着した。

「なっ、なに？」

腕を引っぱられたので焦った声をあげてしまう。

「立ってください」

「あっ、ああ……」

「次の衣装、かなりエロエロなんで、念のためにこれを……」

両手を後ろにまわされ、なにかを嵌められた。手首に冷たい感触がするし、カチャカチャと金属音もしているので、手錠だろう。もちろん、オモチャに違いないが、視覚に続いて両手の自由まで奪われると、ひどく心細い気分になった。

「管理人さんのこと信用してないわけじゃないですよ。ただ本当にびっくりするほどエッチな衣装なんで、理性を失わないように……」

「わっ、わかってるよ」

史郎はみなまで言うなというばかりにうなずいた。両手を拘束《こうそく》されて心細いのも事実だが、どこかで安堵しているもうひとりの自分もいた。

有里と香奈恵、ふたりの寮生と立てつづけにあやまちを犯してしまい、自分で自分が信用できなくなっていた。セックスを鼻先にぶらさげられると、男という生き物は簡単に理性を失うことが身に染みてわかっていた。

しかし、両手が使えないとなれば、興奮しきってむしゃぶりつくようなことは絶対にできない。これなら安心、どんなエロエロ衣装でもドンと来いだ。

（それにしても立ったまま待つのか？）

ベッドに腰をおろしたかった。立ったままだと勃起が丸わかりで恥ずかしかったが、目隠しをされているのでベッドの位置がよくわからない。ヤマカンで座って尻餅をつくような不様な真似は、できれば避けたいものである。

「はい、それじゃあ目隠しを取りましょうね」

エチカにアイマスクをはずされた。今度はそれほど待たされなかった。それもそのはず、エチカは元の格好のままだった。着替えていなかったのだ。

それでも史郎は焦りまくった。衝撃と混乱で言葉を発することができず、あんぐりと口を開いてしまった。

エチカの後ろに、女がふたり立っていたからである。

有里と香奈恵だった。

ふたりともジャージ姿だった。体育会系の香奈恵はともかく、有里のジャージ姿は珍しかったが、そんなことはどうでもいい。

有里も香奈恵も瞳に邪悪な光を灯《とも》し、口許に残忍な笑みを浮かべていた。ギャング映画などで、主人公を拉致監禁できたときの敵役のような恐ろしい笑い方だったので、史郎は震えあがることしかできなかった。

3

「それじゃあおねえさま方、わたしはこれにて……」

エチカは扇情的なボンテージファッションの上に黒いマントを羽織ると、早々に部屋から出ていった。

「なっ、なんなんだ？　いったいなんのつもりだ？」

史郎が滑稽なほど上ずった声で言うと、

「まだわからないの？」

有里はふんっと鼻で笑った。

「可愛い妹分のエチカちゃんが、あなたに騙《だま》された可哀相《かわいそう》なわたしたちのために、復讐のステージを用意してくれたのよ」

「管理人さんに騙されてエッチされちゃったーって落ちこんでたら、『わたしがひと肌脱ぎましょう』って言ってくれたの。あの子、見た目通りにヒロイン体質なの。悪いやつは成敗すべきって思ってるのよね」

まさかの展開だった。コスプレイヤーをはじめとするディープなオタクは、同類の人間にしか真に心を許さないとばかり思っていた。合コン大好きな有里や、青春をビーチバレーに捧げている香奈恵と、セックスの話ができるほど仲がいいとは夢にも思っていなかった。

「そうそう、『女を騙すような悪い男はお仕置きしちゃってください』って」

有里の口許の笑みはますます残忍になっていき、

「おっ、お仕置きって、どうして僕が……」

「嘘をついたお仕置きよ」

香奈恵の眼は完全に据わっていた。

「花嫁募集中だの、富裕層の御曹司だの、結婚詐欺師まがいの真っ赤な嘘でわたしたちの心を掻き乱し、嫁入り前の清らかな体を抱いたのは誰？」

「いやいやいや……」

史郎はこわばりきった顔を左右に振った。

「だからそれは、おせっかい焼きの上司が勝手に言ったことで、僕はまったく知らなかったんだって」

「そうかもしれませんけど、このままだとわたしたちの溜飲がさがらないのも事実なわけよ」

ジロッ、と有里が睨んできた。

「いっ、いったい僕にどうしろと……」

「さあー、どうしてくれましょうかねー」

有里と香奈恵が眼を見合わせて笑う。笑い方がどんどん悪魔じみていく。

「それはそうと、これはいったいなに？」

「むむむっ！」

有里に股間をむんずとつかまれ、史郎はのけぞった。

「エチカちゃんのセクシーなコスプレを見て、興奮しちゃったの？」

「ボケッとした顔をしてるくせに、性欲だけは人並み以上ってキモすぎるんですけど」

香奈恵も股間をむんずとつかんでくる。

「ぬおおおーっ！」

史郎は首に筋を浮かべて野太い声をあげた。顔が燃えるように熱くなっていき、額から脂汗が噴きだした。

有里がつかんだのは勃起している肉棒のほうだが、香奈恵がつかんだのは睾丸だった。もちろん、握り潰すような強い力ではないけれど、男の急所中の急所である。他人に触られるだけで、生きた心地がしなくなる。

「エチカちゃんのコスプレで興奮したの？」

有里が咎《とが》めるような眼つきを向けてくる。

「そっ、それはっ……それはそのっ……」

「わたしたちとどっちがセクシーかしら？」

有里と香奈恵は目配せをしあって史郎の股間から手を離すと、ジャージの上下をおもむろに脱いだ。

「うっ、うわっ！」

史郎は驚愕に眼を見開いた。ふたりとも、エチカが着ていたようなボンテージファッションに身を包んでいた。有里は真っ赤なエナメルのレオタードで、香奈恵は黒革のブラジャーにショートパンツ——色や形に違いはあるものの、基本的なテイストは同じである。どちらのコスチュームも胸の谷間がくっきりと露わで、女の体をどこまでもいやらしくデコレートしている。

「エチカちゃんに借りたのよねー」

「ねー」

うなずきあうふたりは、赤と黒のニーハイブーツまで履いていた。普段は色気なんて感じたことのない十九歳のエチカでさえ、その格好になるとたまらなくエロティックだった。

一方、エチカより三つ年上の有里と、ふたつ年上の香奈恵は、妹分よりずっと大人っぽいし、色気もある。永久就職を狙って寝技を仕掛けてくるくらいの発展家だから、それも当然だった。もともと男を誘うフェロモンを振りまいているうえに、ボンテージファッションをまとえば鬼に金棒。アブノーマルな雰囲気と相俟って、尋常ではないエロスのオーラを放射している。

「こういう格好になったら、普通は鞭《むち》を持つんでしょうけど……」

有里が意味ありげに眼を光らせる。

「わたしたちは女王様でもなんでもないから、鞭じゃなくてこっちね……」

香奈恵が取りだしたのは電動マッサージ器、いわゆる電マだった。そもそも純粋なマッサージ器として開発されたものらしく、デザインも無骨なら、サイズも女の細腕くらいある。

とはいえ、現在では大人のオモチャとして使用されることも多いようで、ＡＶでよく見かける。唖然としている史郎をよそに、香奈恵は電マのコードを伸ばし、コンセントに差した。

「ふふふっ、エチカちゃんってエッチよね。恋愛なんか興味ないくせに、こんなもの持ってるんだから……」

電源を入れると、ウィーン、ウィーン、という重低音が響いてきて、史郎の顔からは血の気が引いていった。

「おっ仕置きっ！　おっ仕置き！」

有里が手を叩いて囃《はや》したて、

「嘘つきは成敗してくれる！」

香奈恵は芝居がかった台詞を言い放つや、振動する電マのヘッドを史郎の股間にあてがってきた。

「むむむっ！」

史郎は反射的に腰を引いた。さらに後退れば、膝の後ろがベッドにあたり、尻餅をつくように座ってしまう。

有里が小動物のような俊敏さで身を躍らせ、ベッドにあがってきた。史郎の後ろにまわりこみ、両脚をひろげてきた。両手を手錠で拘束されている史郎はなすすべもなく、女のようなM字開脚に押さえこまれてしまう。有里は類い稀な巨乳だから、豊満なふくらみが背中にむぎゅっと押しつけられる。

「やっ、やめろっ……やめてくれっ……」

正面には電マを持った香奈恵がいる。小麦色に焼けたボディを女王様めいたボンテージファッションで飾り、眼を吊りあげた恐ろしい形相で……。

「僕は嘘なんかついてないっ！　デマを流したのは本社時代の上司で、僕だって知らなかったんだっ！　だいたい、デマを鵜呑みにして僕を誘惑してきたのはそっちじゃないかっ！　せっ、責任はキミたちにもっ……はぁうーっ！」

史郎は喉を突きだしてのけぞった。もちろん、香奈恵が振動する電マのヘッドを股間に押しつけてきたからだった。この期に及んでは問答無用、こちらの主張に耳を傾けてくれるつもりはないらしい。

「むむっ……むむむむーっ！」

後ろに有里がいるので、今度は逃れようがなかった。おまけに両脚をひろげられていては、電マの振動を無防備に受けとめるしかない。

（なっ、なんだっ……なんだこりゃあっ……）

生まれて初めて味わう電マの刺激は、想像をはるかに超えていた。小刻みかつ痛烈な振動が勃起しきったペニスの芯まで響いてくる。しごかれたり舐められたりするのとはまるで別の刺激であり、剝きだしの快感が次々に押し寄せてくる。

暴力的といえば暴力的だが、気持ちいいことは気持ちいい。いや、そんな呑気な感じではなく、強制的に性感帯を嬲《なぶ》られているようだ。

（うっ、嘘だっ……）

気がつけば史郎の体は、射精の前兆に震えだしていた。こんなにも性急に射精欲がこみあげてくるなんて、あり得ない話だった。しかし、その衝動は偽物ではなく、刻一刻と現実味を帯びてくる。ブリーフはおろか、ズボンまで穿いた状態なのに、ドピュッと漏らしてしまいそうだ。

「むぐっ！　ぐぐぐっ……」

歯を食いしばってこらえるしかなかった。いくら電マの威力が強烈でも、着衣のまま精を漏らしたりするのは男の名折れ、明日から恥ずかしくて有里や香奈恵の顔をまともに見られなくなるだろう。

「ぐぐぐっ……ぐぐぐぐーっ！」

歯を食いしばるだけでは足りず、唇まで血が出そうなほど嚙みしめても、射精をやり過ごせそうになかった。むしろ、発射の瞬間、経験したことがないほどのすさまじい快感を味わえる予感がして、出したくてたまらなくなっていく。

「ダッ、ダメだっ……ダメだってばっ……」

史郎は脂汗の浮かんだ顔をくしゃくしゃに歪めて香奈恵を見た。

「そんなにしたら出ちゃうっ……出ちゃうからっ……」

哀願する口調がよほど切羽《せっぱ》つまっていたのだろう。

「もう出ちゃいそうなの？」

香奈恵がやさしげに訊ねてきた。

「そんなに気持ちいいんだぁ？　パンツも脱がずに出ちゃいそうなくらい」

耳元でささやく有里の声も、たまらなく甘ったるい。

「おおおおっ……」

史郎は白眼を剝きそうになりながらも、鼻の下を思いきり伸ばした。屈辱的な目に遭わされているにもかかわらず、気持ちがよくてしかたがなかった。有里も香奈恵も可愛い女子大生だし、赤と黒のボンテージファッションはどこまでも扇情的だ。まるで自分が、ＡＶの痴女ものに登場するドＭな男優になったような気分になってくる。

「でっ、出ちゃうっ……もう出るっ……」

史郎はもはや、恥をかく覚悟を決めるしかなかった。

「そんなに出したいのぉ？」

有里の甘ったるい声が耳をくすぐってくる。

「出したいっ！　出したいですっ！」

史郎は涙ぐみながら射精をねだったが、

「ダーメ」

次の瞬間、有里が非情なまでに冷ややかな声で言い、それに呼応するように香奈恵が股間から電マを離した。

「あああああっ……」

情けない声をもらした史郎は、いまにも泣きだしそうな顔になった。射精を寸止めされるやるせなさともどかしさは、痒《かゆ》いところに手が届かない状況に似ている。股間に刺激が欲しくてしようがないのに、正面にいる香奈恵は、苦悶に身をよじっている史郎を見て、勝ち誇ったように笑っている。

「お仕置きなのに、そんなに簡単に出させるわけないじゃないですかぁー」

「そうよぉー」

耳元で有里がささやく。

「わたしたちがしたいのはね、煮え湯を飲まされたお・か・え・し。泣いて謝っても出させてなんてあげないから、そのおつもりで……」

4

後ろから伸びてきた手のひらに頬を包まれ、史郎は強制的に振り返らされた。背後にいる有里と眼が合ったのも束《つか》の間《ま》、唇を奪うようなキスをされた。

「ぅんぐっ……ぅんぐっ……」

すかさず口内に舌が侵入してきたので、史郎は鼻奥で悶えた。前回同様、有里のキスは濃厚だった。舌と舌をからめあわせるのはもちろん、口内を隈無く舐めまわされ、音をたてて唾液を啜られる。

しかも、キスを続けながら、セーターとTシャツをまくりあげてきた。露出した男の乳首を、コチョコチョ、コチョコチョ、とくすぐりまわされる。

「ぅんぐっ！　ぅんぐぐぐーっ！」

史郎は眼を白黒させて悶絶した。男の乳首なんて愛撫されてもくすぐったいだけだ——そう思った三秒後には、身をよじるほどの快感が押し寄せてきた。コチョコチョッ、コチョコチョ、と長い爪でもてあそばれた乳首は小さいながらも突起して、つまみあげられると涙が出そうなほど気持ちがよかった。

とはいえ、生まれて初めて味わう乳首への愛撫を、じっくり堪能していることはできなかった。

香奈恵がベルトをはずし、ズボンとブリーフをめくりさげてきたからである。

「うわー、相変わらず立派なオチンチン」

下着の締めつけから解放された男の器官は、天狗《てんぐ》の鼻のように屹立《きつりつ》した。さらにエロ可愛い女子大生ふたりの視線を意識し、ぐぐっと反り返って下腹に張りついていく。

「言いたくないけど、けっこうな業物《わざもの》よね」

有里がキスの合間に、チラチラと股間を見やってくる。

「長さも太さも硬さも、すべて平均点以上」

「だからムカつくんですよー」

香奈恵が鼻に皺を寄せて憎まれ口を叩く。

「立派なオチンチンで人のこと夢中にさせときながら、結婚する気はないだの、実家は別荘もちじゃなくてペンション経営だの……」

「許せないわよね」

「許せるわけないですよ！」

香奈恵は眉をひそめて眼を据わらせると、ツツーッと唾液を垂らしてきた。臍を叩く勢いで反り返り、先端から涎《よだれ》じみた我慢汁を漏らしているペニスに……。

ツツーッ、ツツーッ、としつこく垂らしては、史郎の顔を見てニッと笑う。親和的な笑みとは程遠い、殺し屋がターゲットに銃口を向けたときのような笑みである。

（あっ、悪魔だっ……可愛い顔をしていても、このふたりはっ……）

しかし、悪魔の本領発揮はまだ先だった。香奈恵の右手が股間に伸びてきた。

「おおうっ！」

唾液まみれの男根をすりすりとしごきたてられると、史郎は激しくのけぞった。電マの機械的な振動をたっぷりと浴びたあとなので、それとは種類の違う生々しい刺激が男根の芯まで染みこんでくる。

自慰とよく似た手コキでも、女の手でされると興奮の度合いが段違いだった。指が女らしく細いうえに、触り方も挑発的でいやらしく、なにより香奈恵は扇情的なボンテージファッションに身を包んでいる。

黒革のブラジャーとショートパンツという組み合わせは、ビーチバレーのユニフォームと隠している面積がほぼ同じ。にもかかわらず、放つエロスが天と地だった。もちろん、ボンテージファッションが男を欲情させるためにデザインされた、セックスの小道具みたいなものだからだろう。

「すごーい、どんどん硬くなっていく……」

香奈恵は時折唾液を垂らしてペニスが乾かないようにしつつ、執拗にしごきたててきた。ピッチに緩急をつけたり、指腹でカリのくびれをこすったり、随所に淫らな刺激をちりばめつつ、史郎を追いつめていく。

「こっちも気持ちよくしてあげましょうか？」

有里が電マをつかみ、スイッチを入れる。ウィーン、ウィーン、と唸りをあげて振動しているヘッドを、乳首に押しつけてくる。

「はうっ！」

史郎は眼を見開いて悲鳴をあげた。まさか電マで乳首を責められるとは思っていなかった。そこには、先ほどくすぐられた余韻がまだ残っていた。たっぷりとコチョコチョされて敏感になっているので、電マの刺激は強烈すぎた。

「なに女みたいに悶えてるのよ？」

正面にいる香奈恵が憎々しげに睨んでくると、ぎゅうっと肉棒を握ってきた。

「くぅおおおおーっ！」

のけぞった史郎を睨みつけながら、強く握ったまま手筒をスライドさせはじめる。

唾液を充分に垂らされているので肉がひきつれたりはしなかったが、女とは思えないほどの握力の強さに絶句してしまう。体育会系の面目躍如か？

もちろん、そんな呑気なことを言っている場合ではなかった。強く握られ、フルピッチでしごきたてられた肉棒ははちきれんばかりに膨張し、先端から熱い我慢汁を大量に噴きこぼした。包皮の中に流れこんで、ニチャニチャと卑猥な音をたてるほどだったが、恥ずかしがっている余裕もない。

「ダッ、ダメッ！　ダメだってばっ！」

再び射精の前兆がこみあげてきて、史郎は叫んだ。

「でっ、出ちゃうからっ！　そんなにしたら出ちゃうからーっ！」

言いつつも、「出したい」と願っているもうひとりの自分がいる。こんな屈辱的なやり方で射精などしたくなかったが、どんな状況であれペニスをしごかれれば射精したくなるのが男という生き物なのである。

「くぅううーっ！　くぅうううーっ！」

顔が燃えるように熱くなっていくのを感じながら、史郎は今度こそ本気で恥をかく覚悟を決めた。ここで射精すればふたりに馬鹿にされるのは間違いなく、男の沽券《こけん》も管理人としての矜持《きょうじ》も吹っ飛んでしまうだろうが、目前まで迫っている射精を我慢することなんてできない。

「でっ、出るっ！　もう出るううーっ！」

切羽つまった叫び声をあげた瞬間、香奈恵がペニスから手を離した。有里もまた、振動する電マのヘッドを乳首から離していく。

「あああっ……ああああっ……」

再び味わわされる寸止めのやるせなさに、史郎は正気を失ったように身をよじった。股間ではペニスが、釣りあげられたばかりの魚のようにビクビクと跳ねている。刺激を求めてのたうちまわっているわがイチモツをチラリと眺めても、両手を背中で拘束されていてはどうにもならない。

「いやらしい男ね！」

香奈恵が吐き捨てるように言った。

「そんなに簡単にイカせてあげないって、さっき言ったばかりでしょう」

「ううう……くぅううっ……」

史郎は身をよじるのをやめることができなかった。体の奥深くから震えが起こり、貧乏揺すりのような動きをとめられない。

地獄だった。これぞ寸止め生殺し地獄――そんなタイトルのAVを観たことがあるが、地獄でのたうちまわるのは女の役目だった。ペニスを持って生まれてきながら、女のように悶絶しているみじめさに、涙が出てきそうになる。

「もっ、もう許してください……」

震える声で哀願した。

「ふたりが傷ついたなら、謝ります。全部上司が悪いんですけど、僕には一ミリも非がないと確信してますけど、もう僕のせいでいいです。謝りますから、もうこんなことやめてください……」

「やめてどうするのよ？」

有里が後ろから顔をのぞきこんできた。

「わたしたちが解放してあげたら、管理人さん、どうするの？　一目散に屋上の部屋に戻って、オナニーするのかしら？」

どうしてわかったんだ！　と史郎は息を呑んだ。もっとも、こういう状況になってみれば、それ以外にすることはないだろうが……。

「どうせオナニーするつもりなら、ここでしていったらどう？」

有里がなおもたたみかけてくる。

「わたしと香奈恵ちゃんが見てる前で、ドピュッ！　と出してごらんなさいよ。そうしたら、全部水に流してあげるから」

「なっ、ななななっ……」

なんて恐ろしいことを言う女なんだ、と史郎は唖然とした。自慰なんて排泄行為と同じで、誰だってしていることだ。少なくても、男なら日常的に行なっている人が大半に違いない。

だが、排泄行為を見せたがる人間がいないのと同じで、自慰は人に見せるものではない。絶対に見せてはいけない。それも、可愛い女子大生ふたりに笑われながら射精なんてしたら、いくら我慢できない境地に追いこまれているとはいえ、トラウマになってしまいそうである。

「どうなのよ？」

有里が、史郎の両手を後ろ手に拘束している手錠を揺らし、カチャカチャと音をたてた。

「オナニーするならこれをはずしてあげるけど……」

「ううっ……」

史郎は振り返り、唇を嚙みしめながら涙眼で有里を睨んだ。曲がりなりにも一度は体を重ねている男に対し、あまりにも残忍な態度だと思った。有里には言っていないけれど、こちらは清らかな童貞まで捧げたのである。一生忘れることができない初体験の相手に、ここまで追いつめられるのはあんまりだと思った。

5

「ねえ……」

香奈恵が声をかけてきた。ひどく恥ずかしそうに眼の下をねっとりと紅潮させていた。正確には、史郎の後ろにいる有里に声をかけたのだが……。

「ねえ、有里さん……わたし、なんだか変な気分になってきちゃった」

「変な気分って？」

「だからそのぅ……管理人さんの立派すぎるオチンチンを見て、しごいてたら……」

「たら？」

「欲しくなってきちゃったっていうか……」

ごくりっ、と背後の有里が生唾を呑んだ。ほぼ同時に、史郎の息はとまっていた。

「どういうこと？　まさか彼とエッチしようっていうの？」

「……ダメ？」

香奈恵が卑屈な上眼遣いを向け、

「ダメっていうか……」

有里の声音はこわばっていく一方だった。

「そういう話じゃなかったじゃないの。わたしたちの目的は、嘘つきな管理人さんにこっぴどい恥をかかせて、お仕置きすることでしょ？」

「うん、それはそうなんだけど……気が変わったっていうか……」

香奈恵の歯切れは悪かった。態度までうつむいてもじもじしていたが、史郎は見逃していなかった。彼女の右手は股間に置かれていた。いじっているわけではないけれど、扇情的な黒革のショートパンツを穿いている股間に触れている。

(よっ、欲情してきたってことか？)

ドクンッ、ドクンッ、と心臓が早鐘を打ちはじめ、

「信じられない！」

有里が声を荒らげた。

「わたし、香奈恵ちゃんがそんなにいやらしい子だったなんて思ってなかった。幻滅

しちゃうな。呆れ果てて軽蔑するな……」

「そんなこと言ったって……」

香奈恵の声音も尖ってくる。

「こんな状況になったら、いやらしい気持ちになってもしかたなくないですか？　管理人さんのオチンチをしごいてるうちに、エッチしたときのこと思いだしちゃって」

「軽蔑する！　絶対に軽蔑する！」

「そんなこと言って、本当は有里さんだってエッチしたいんでしょ？　ボンテージファッションに着替えてるときから、『なんか興奮するね』なんて言ってたじゃないですか」

「ううう……」

有里は悔しげなうなり声をもらすと、

「じゃあいいわよ。やりたかったらやればいいじゃないの。そのかわり、わたしは部屋から出ていきませんからね。それでもやるっていうなら、どうぞご勝手に！」

史郎から体を離し、ベッドからおりた。こちらを向いて仁王《におう》立ちになり、険しい表情で腕組みをする。

「意地悪ね、有里さん……」

香奈恵は有里から顔をそむけてボソッと言った。なるほど、たしかに有里の振る舞いは常軌を逸した意地悪さだったが、香奈恵は負けていなかった。ひとつ屋根の下で一緒に住んでいる寮生がすぐ側で見ているというのに、セックスをするつもりらしい。

(うっ、嘘だろっ……)

香奈恵はベッドにあがってくると、黒革のショートパンツを脱ぎはじめた。尻の下半分がはみ出すような過激なデザインだからだろう、パンティは穿いていなかった。腰をくねらせながら黒革のショートパンツをずりさげると、小麦色の日焼けから取り残された白い股間がいきなり姿を現した。さらにじっとりと湿っている逆三角形の黒い草むらまで――何度見てもエロすぎる光景だ。

「いいですよね?」

史郎の腰にまたがってきながら、香奈恵が言った。あお向けの状態にさせられた史郎は、金縛《かなしば》りに遭ったように動けなかった。

「オナニーなんかさせられるより……そんなふうに恥をかかされるより、わたしとエッチするほうが全然いいでしょ?」

チラッとこちらを見た表情に、史郎の心臓はドキンとひとつ跳ねあがった。ただ可愛いだけではなく、彼女の本心が伝わってきた気がしたからだ。

山根課長のおせっかいなデマに踊らされ、悔しい思いをしたのは事実だろう。〈まほろぼ荘〉に二度と顔を出さないであろう彼のかわりに、史郎を恨んでしまうのだってしかたがないのかもしれない。

しかし、さすがに強制オナニーまではやりすぎだと思ったに違いなかった。史郎ひとりに恥をかかせるのが忍びなく、自分も一緒に恥をかいてくれる気になったとしか思えない。本当は心根のやさしい女なのである。

「いきますよ……」

香奈恵が腰を浮かせ、勃起しきったペニスに手指を添えた。切っ先が穴の入口にあてがわれると、ヌルリといやらしい感触がした。

（ぬっ、濡れてるのか？　愛撫もなにもしてないのに、いきなり入れられるくらいヌルヌルなのか？）

混乱が、史郎の顔を限界までこわばらせた。香奈恵はこちらを助けるために黒革のショートパンツを脱いでまたがってきたのではなく、実のところは、ただただ我慢できないくらいに欲情しているだけなのかもしれなかった。

「あっ……ぅんんっ……」

眼を泳がせるばかりの史郎を見下ろしながら、香奈恵は腰を落としてきた。ずぶっ、と亀頭が割れ目に埋まると、熱気が伝わってきた。彼女の肉穴は濡れているだけではなく、淫らなほどに熱気を帯びていた。

「んんっ……ああああっ……はぁあああっ……」

香奈恵は身をよじりながら最後まで腰を落としきった。じっとり濡れている黒い草むらの奥に、アーモンドピンクの花びらがチラリと見えている。その部分に勃起しきった肉棒が、ずっぽりと咥えこまれたのだ。

「ぅんんっ……ぅんんんっ……」

香奈恵はひとしきり身をよじってから、腰を動かしはじめた。股間を前後に揺すりたてるように——史郎は覚えていた。健やかなスポーツ女子大生に見えて、彼女はけっこうなスケベである。あのときも正常位で抱かれているのに、下から腰を使ってきた。

「ああああっ……はぁあああーっ！　はぁううううーっ！」

クイッ、クイッ、と股間をしゃくるように腰を振りたてはじめると、あえぎ声も一気にいやらしさを増した。日常生活では発することのない甲高い声を振りまいては、ハアハアと息をはずませる。黒革のブラジャーを着けたまま、ニーハイブーツまで履いているので暑いのだろう。小麦色に日焼けした可愛い顔がみるみる紅潮していき、汗の粒まで浮かんでくる。

（たっ、たまらんっ……）

史郎は身動きひとつとれないまま、ただ快感だけを噛みしめていた。性器と性器をこすりあわせているだけなのに、どうしてセックスはこんなにも気持ちいいのだろうか？　クイッ、クイッ、と香奈恵が股間をしゃくると、ずちゅっ、ぐちゅっ、と卑猥な肉ずれ音がたった。その音とあえぎ声が織りなすハーモニーが、史郎を興奮の坩堝《るつぼ》へといざなっていく。

だがそのとき――。

「せっかく男の上にまたがってるのに、ずいぶんお淑《しと》やかなのね？」

側で見ていた有里が、ベッドにあがってきた。立ったまま香奈恵の後ろに陣取ると、彼女の両脚を持ちあげた。

「いっ、いやあああああーっ！」

男の腰の上でM字開脚を披露させられた香奈恵は悲鳴をあげ、

「うっ、うおおおおおおーっ！」

史郎もまた、血走るまなこを見開いて叫んでしまった。香奈恵の両脚がM字にひろげられたことで、結合部がばっちり見えるようになったからだ。蜜を浴びてテラテラ光っているアーモンドピンクの花びらが、肉棒にぴったりと吸いついているところがつぶさに確認できた。

「騎乗位はこれくらい大胆な格好にならないとダメなのよ。男の人だって、こっちのほうが興奮するでしょ？」

有里に同意を求められても、史郎は興奮しすぎてあわあわするばかりだった。両膝を立てた香奈恵は黒いニーハイブーツを履いており、それもまたエロスの放射に多大な貢献をしている。

「ほら、もっと動きなさいっ！　ほらっ！　ほらっ！」

有里は香奈恵の両脚を引っぱりあげ、彼女の体を動かした。先ほどまで、香奈恵が自分の意志で動いていたときは股間の前後運動だったが、今度は上下運動だった。勃起しきった肉棒が、女の割れ目から出たり入ったりしている。まるで割れ目でペニスをしゃぶりあげているような感じで、血管がぷっくり浮き立った肉棒が蜜の光沢をまとっていく様子を、史郎はまばたきも忘れて見入ってしまった。

(自分だって騎乗位でM字開脚なんかしなかったくせに……)

有里の底意地の悪さには呆れるしかなかったが、おかげで目の前の光景が衝撃的にいやらしくなったのだから文句も言えない。

しかも、有里の攻撃はそれだけでは終わらなかった。香奈恵がしている黒革のブラジャーまではずし、日焼けしていない真っ白い乳房を露わにした。

「あああああーっ！　いやあああああーっ！」

香奈恵はいまにも泣きだそうな顔になったが、その時点になると、彼女は股間の上下運動に取り憑《つ》かれていた。有里が両脚から手を離しても、自分の意志でペニスをしゃぶりあげてきた。気持ちは羞《は》じらいに揺れていても、体が勝手に動いてしまってるような感じだった。

「いやーん、香奈恵ちゃん。乳首がこんなにコリコリ……」

有里が後ろから左右の乳首をつまみあげ、こよりをつくるように刺激しはじめる。

「あぁっ、いやっ！　ああああっ、いやあああぁっ……」

香奈恵は涙声をあげつつも、ショートカットの髪を振り乱してよがりによがった。股間の上下運動だけではなく、腰を振りまわして性の愉悦《ゆえつ》を余すことなく味わおうとした。とんでもないいやらしさだった。ビーチバレーで鍛えた体は健やかでも、肉の悦びに翻弄《ほんろう》されていると獣《けもの》のメスのように見えてくる。

「ああああっ……はぁああああっ……」

香奈恵がせつなげに眉根を寄せ、すがるように史郎を見てきた。言葉にされなくても、史郎には彼女の言いたいことがわかった。

イッてしまいそうなのだ。

絶頂がすぐ側まで迫ってきており、困惑しきりなのだ。

(この状況でイッてしまうのは……しっ、死ぬほど恥ずかしいよな……)

史郎はごくりと生唾を呑みこんだ。そもそも人前でセックスすること自体、あり得ないほどの恥さらしなのに、絶頂にまで達してしまえば淫乱の謗《そし》りを免れることはできない。

後ろから双乳を揉んでいるのが名前も知らない一期一会の相手ならともかく、香奈恵と有里は〈まほろば荘〉の寮生同士なのである。嫌でも毎日顔を合わせなければならないわけで、針のむしろに座らされているような気まずい日々が訪れることは想像に難くなかった。

史郎は思わず香奈恵に同情したが、香奈恵に裏切られたことを根にもっている有里は、底意地の悪さに拍車をかけた。

「香奈恵ちゃーん、イキたかったらイッてもいいよぅー」

わざとらしいほど甘ったるい声でささやくと、右手を香奈恵の股間に這わせていった。勃起しきった肉棒を咥えこんでいる少し上、黒々とした草むらを掻き分けた。

「はっ、はぁうううううううーっ！」

香奈恵は眼を見開いて絶叫した。M字に開いた両脚をガクガクと震わせ、その震えはあっという間に全身に波及していった。

（おっ、鬼だっ……有里は鬼になった……）

史郎もまた、眼尻が切れそうなくらい眼を見開いて驚愕していた。視覚ではっきり確認できなくても、有里がクリトリスをいじりはじめたのは火を見るよりもあきらかだった。

クリトリスは女のいちばんの性感帯であり、いじっているのは女の感じるところを知り尽くしている同性である。それに加え、肉穴には硬く勃起した肉棒が埋まり、有里は左手でしつこく乳首もつまんでいる。女の性感帯という性感帯を刺激する波状攻撃に、香奈恵はもう、絶頂を我慢することができなかった。

「いっ、いやっ……いやいやいやいやっ……イッ、イッちゃうっ……わたしイッちゃうっ……がっ、我慢できないいいいーっ！　はぁああああーっ！」

ビクンッ、ビクンッ、と腰を跳ねあげて、オルガスムスに駆けあがっていった。前回をはるかに凌ぐ激しいイキ方だったうえ、ニーハイブーツを履いてベッドの上でM字開脚という不安定な体勢だった。ビクンッ、ビクンッ、と腰を跳ねさせると、勢い余って結合がとけた。スポンッとペニスが抜けると、香奈恵はそのままベッドにうつ伏せで倒れこみ、

「あああああっ……はぁああああっ……」

アクメの余韻に体中の肉という肉を痙攣させた。剝きだしのヒップをプルプルと震わせながら身をよじった。

（すっ、すげえなっ……）

史郎はしばしの間、呆気にとられて香奈恵を見ていた。体中を喜悦の痙攣に支配されている彼女はもう、羞じらいに胸を締めつけられたりしていなかった。女の絶頂で味わう快感は男のそれの何十倍というし、頭の中は真っ白なんだろうと思った。

「今度はわたしの番ね」

「えっ……」

香奈恵に気をとられていた史郎は、有里を見て絶句した。有里は赤いエナメルのレオタードを着ていたのだが、いつの間にかそれを脱いでいたのである。類い稀な巨乳とパイパンの股間を露わにして、史郎の腰にまたがってきた。

(こっ、これだったのかっ……彼女の本当の狙いは香奈恵に恥をかかせることじゃなくて、さっさとイカせて選手交代したかったのか……)

啞然としている史郎を悠然と見下ろしながら、有里は結合の体勢を整えた。ペニスの切っ先を濡れた花園にあてがうと、

「はっ、はぁうううううーっ!」

高らかな声を放ちながら、男の器官をずぶずぶと吞みこんでいった。

第四章　思わぬ告白

1

史郎は〈まほろば荘〉の玄関前をホウキで掃いていた。

風が冷たく、体が芯から冷えていく。

朝食の提供を終えたばかりであり、いつもはこんな朝っぱらから外の掃き掃除なんてしない。精魂込めてつくった食事を食べている寮生たちの姿を眺め、ひとり悦に入ったりしているのだが、いまは寮生たちとあまり顔を合わせたくなかった。正確に言えば、寮生の中でも有里と香奈恵とは……。

（まったく、最近の女子大生は乱れてやがるよな……）

若い女に貞操を守らせる時代はとっくの昔に過ぎ去ったとはいえ、あのふたりはちょっとやりすぎというか、ちょっとどころかものには限度があるというか、三十歳まで童貞だった奥手の男は呆然とさせられるばかりである。

寝技を使って永久就職を目論んだだけではなく、騙されたとしてその復讐にふたりがかりで淫らなお仕置きをしてきたうえに、挙げ句の果てには３Ｐまで……。

数日前の日曜日、史郎は結局、彼女たちと三回ずつまぐわった。男の精がすっからかんになるまで解放してもらえず、完全なグロッキー状態に陥ったこちらを尻目に、有里と香奈恵はやけにつやつやしている顔にはじけるような笑みを浮かべて、こう言い放ってきた。

「管理人さんって頼りない感じなのに、オチンチンだけは最高よね」

「花嫁募集中だの、富裕層の御曹司だの、嘘をついたことは許せないけど、エッチだけはとってもいい」

「嘘をついた罰として、これからはいつでも相手してもらえるセフレになってもらおうかしら。女はやっぱり定期的に男に抱かれないと、お肌の調子がよくないもの」

だから嘘なんかついてないだろ！　と史郎は内心で泣き叫んだ。実際に口にしなかったのは、息も絶えだえでしゃべるのも面倒だったからだ。

（もう嫌だ……彼女たちは若いし可愛いし体だって最高だけど……エロすぎる。とてもじゃないが、付き合いきれないよ……）

そういう女が好きな向きもいるかもしれないが、史郎は性欲だけを最優先にして生きているセックスマシーンではないのだ。体は気持ちよくなっても、心が置き去りにされてしまう。

実際、３Ｐでグロッキーさせられたあと、たまらない虚無感に襲われた。いい歳をして乙女《おとめ》チックすぎるかもしれないけれど、やはりセックスみたいなものは、好きになった者同士が愛の発露としてするべき行為なのではないだろうか？

連日寒い日が続いていた。

管理人室には強力な暖房があるおかげでぬくぬくと暖かいけれど、深夜に安物のウイスキーを飲んでいると、心は冷えていくばかりだった。

有里と香奈恵のような、行きすぎた発展家には付き合いきれないと思う一方、酔った頭にぼんやりと浮かんでくるのは彼女たちの痴態ばかり――中でもＡＶさながらの３Ｐの記憶は強烈で、気がつけば勃起していた。正直言って、あれから毎晩３Ｐを思いだしてはオナニーばかりしている。

（ダメな男だよ、僕ってやつは……）

心では愛を求めていても、体は愛とは無縁のハレンチ行為に反応してしまう。いくら頭の中から追いだそうとしても、有里の巨乳がタプタプと揺れるシーンや、香奈恵の白い乳房や股間が浮かんでくる。

てきた。

我慢できずにズボンとブリーフをおろそうとしたところで、外から女の声が聞こえてきた。

「あめんぼ　あかいな　アイウエオ……うきもに　小えびも　およいでる……かきのき　くりのき　カキクケコ……」

いつもの発声練習である。声の主は浅井貴子——こう寒くては唇も自在に動いてくれないのではないかと思うのだが、女子アナという夢に向かって一途に努力を積み重ねている。酔っ払っては煩悩《ぼんのう》に悶えている自分とは、人間としての格が違う。

史郎はしばしの間、貴子の発声練習に耳を傾けた。

「きつつき　こつこつ　かれけやき……ささげに　酢をかけ……サシスセソ……　そのうお　浅瀬で　さしました……立ちましょ　らっぱで　タチツテト……トテトテタッタと　飛びたった……」

頭脳明晰で容姿が抜群な彼女も、声だけはアナウンサー向きとは思えないしゃがれたハスキーボイスだった。だが、それにもめげず、努力で難関を突破しようとする姿勢が涙を誘う。頑張れ、頑張れ、と心の中で繰り返していると、いつの間にか勃起もおさまっていた。心が洗われた気分だった。

となると、お礼をしたくなるのが人情というものだろう。神社で願い事をするときだって、お賽銭《さいせん》を出すのがマナーである。

（なんかないかな？　僕が彼女にできる心づくしは……）

ホットウイスキーでも飲ませてやれば冷えた体が温まるだろうが、残念ながら〈まほろば荘〉は禁酒禁煙である。そこで、押し入れの中から使い捨てカイロを探しだした。安売りをしていたので、以前ダース買いをしたものである。

「……さっ、寒っ！」

管理人室を出ると、思わず身をすくめた。時刻は午前零時《れいじ》近く、吹きさらしの屋上という悪条件に加え、今夜は風も強い。貴子は毛糸の帽子を目深に被り、ダウンコートを着ていたが、それでも相当冷えているはずだ。

「あのう……」

発声練習をしている貴子に後ろから声をかけた。振り返った彼女の顔は、冴えた月のように真っ白だった。

「寒い中、よく頑張るね。これ、よかったら使って……」

使い捨てカイロを差しだすと、手袋をした手でおずおずと受けとった。

「ありがとうございます」

「いやいや、頑張ってる人は応援したくなるものさ」

「うるさくなかったですか？」

「大丈夫、大丈夫。風邪をひかないか心配なだけで、うるさくなんかないから」

「そうですか……」

貴子は足元を見てふーっと深い溜息をついた。

「こんな声じゃ、アナウンサーになんてなれっこないって思いますよね？」

「えっ……」

史郎は気まずげに眉をひそめた。

「自分でもわかってるんです。いくらなんでも無謀な挑戦だって……」

「そんなことないんじゃないかなー。どんなことだって、夢を見ることから始まるっていうか……」

「でも……声が悪いだけじゃなくて、わたし、スタートも遅かったし……民放キー局が将来のエース候補って期待してるような人は、大学三年のこの時期、もう内定が出てるんですよ。そういう子はだいたい、高校時代からアナウンス学校に通ってて、大学に入学した瞬間からBSやケーブルテレビでアシスタントMCとかやって……わたしが女子アナを目指したのはちょうど一年前ですから、スタートからもう取り残されてる感じで……」

「……なるほど」

史郎はよく知らなかったが、聞きしに勝る超難関のようだ。

「どっ、どうして女子アナを目指そうと思ったの？」

そんなことを訊ねてしまったのは、重苦しい話で会話を終えたくなかったからだ。

「それは……みんなを見返したかったから」

「というと？」

「わたしが生まれ育ったのって北陸のすごい田舎町で、女に学はいらない、高校出たらさっさと結婚して子供を産めって土地柄なんですよ。でもわたしは勉強がしたかったから、頑張っていまの大学に入って……でも、親からおめでとうのひと言もありませんでした。親戚のおじさんやおばさんからは『東京行って遊びたいだけでしょ』なんて嫌味を言われて……」

史郎はさすがに同情した。彼女の親や親戚縁者の反応が理解できなかった。貴子が籍を置いている大学は偏差値七〇オーバー、名門中の名門として知られる国立大学なのである。赤飯と鯛《たい》の尾頭《おかしら》付きで合格をお祝いしてもおかしくないのに、誰からも祝福されなかったなんて……。

「だからわたし、テレビに出るようになったら、認めてくれるんじゃないかって思ったんです。田舎の人たちって、一部上場企業の名前を言ってもピンときませんけど、女子アナだったら頑張ってるって思ってもらえそうでしょ？　毎日テレビに映ってるから……」

「なるほどね……」

史郎は太い息を吐きだした。そんな事情で目指すことにした女子アナも、このままでは敗色濃厚、夢が叶いそうにないのがせつなすぎる。

2

「とっ、とりあえずまあ、頑張ってよ。使い捨てカイロならいっぱいあるから、欲しいときには声かけて……」

史郎は結局、明るい話題で会話を終えることができなかった。暗色の敗北感だけを胸に、管理人室にすごすごと戻っていこうとすると、

「あれー、今日は貴子さんいないみたい……」

突然、女の声がしたので、史郎の心臓は口から飛びだしそうになった。寮生のひとり、町山郁美《まちやまいくみ》の声だった。

「ラッキー、ラッキー。これで気兼ねなく一服できるね」

続いて聞こえてきた声の主は、板橋麻理江《いたばしまりえ》——史郎は彼女の声を、給水塔の陰で聞いていた。郁美の声が聞こえた瞬間、反射的に身を隠したのだ。寮生の中でもひとり別格の美女と、ツーショットで話をしているところを見られたくなかった。ここは深

夜の屋上だから、いかにも秘密の逢瀬《おうせ》のようでバツが悪い。

同じことを、貴子も思ったのかもしれない。彼女もまた、史郎と一緒に給水塔の陰に隠れていた。

（あっ、あいつらっ……）

郁美と麻理江がいきなり煙草《たばこ》に火をつけたので、史郎は卒倒しそうになった。この建物の屋上は広いので、管理人室からは死角になっているところで吸っている。常習犯の匂いがするうえ、酒にも酔っている様子だった。外で飲んできたのかもしれないが、〈まほろば荘〉は禁酒禁煙、ルールを破れば退寮になることを知らないはずはないのに……。

郁美も麻理江もごく普通の女子大生で、個性派ぞろいの〈まほろば荘〉の中ではあまり目立たないタイプだった。口数も少なく、おとなしそうに見えるから、なおさらショックが大きかったと言っていい。

「貴子さんってさー、必死すぎてなんか怖いよねー」

郁美が言い、麻理江がうんうんとうなずいたので、史郎の息はとまった。本人が聞いていることを露知らず、悪口大会が始まるのか……。

「あんなしゃがれた声で女子アナなんかなれるわけないのに、毎晩うちらの喫煙所を独占してさ。勘弁してほしいわよね」

「たしかに美人だけど、あの人、なんかダサくない？」

「顔が綺麗に整いすぎてるから、ファストファッションとかだとバランス悪くなっちゃうのよ。まあ、ブランドものの服なんて買えるわけないから、しようがないんだけどさ」

「貴子さんって絶対モテないよね」

「モテない、モテない」

キャハハハ、と声を揃えて笑う。

「美人ってこと以外にいいとこないもの。いつも澄ました顔してさ。人を見下してる感じじゃない？　女は愛嬌だって誰か教えてあげてほしいわよ」

「愛嬌もないけど、色気もないわよねー」

「ない、ない」

「あの人、彼氏とかいたことあるのかなー」

「どうなんだろう？　わたしが男だったら絶対付き合いたくないけど」

「超高学歴女子の悲哀」

「女としての魅力、ゼロだもんなー」

「処女だったりして」

ギャハハハ、と笑い声がどんどん下品になっていく。

（いい加減にしてくれよ……）

史郎はうろたえきっていた。予想通りに悪口大会が始まり、それもかなりの口汚さだった。横眼で貴子をチラッと見ると、顔色を青ざめさせ、眼の焦点が合っていなかった。放心状態というやつである。普段はおとなしいふたりにボロクソに罵《ののし》られ、かなりのショックを受けているようだった。

（だよな……ショックを受けて当たり前だよ……）

悪口はまだまだ続きそうで、たまらず史郎は給水塔の陰から飛びだした。

「おい、寮は禁煙だぞ。一回は許してやるから、もう吸うなよ。早く煙草を消して、部屋に戻るんだ」

史郎は郁美と麻理江にそう言い放ち、ふたりを屋上から追い払った。それから給水塔の陰に戻ったが、貴子は、ふたりが去った後もしばらくの間、その場に立ち尽くしたままだった。

「ここの管理人室、ボロだけど暖房だけは強力なんだ。だいぶ体も冷えただろうし、ちょっと暖まっていけば……」

ショック状態の貴子をそのまま階下に帰す気にはとてもなれず、史郎は声をかけてみた。貴子が黙ってうなずいたので、ふたりで管理人室に入る。

「えーっと……椅子が一個しかないからベッドに座ってくれる？　コーヒーでも飲むかい？　インスタントしかないけど……あっ、夜中にカフェインはまずいか……となると、白湯《さゆ》？　白湯っていうのも……」

一階のキッチンに行けばノンカフェインのお茶があるのだが……。

「それをいただいていいですか？」

貴子が指差したものを見て、史郎はギョッとした。先ほどまで自分がちびちび飲んでいた安物のウイスキーだった。

「ううう……」

史郎は唸った。〈まほろば荘〉は禁酒禁煙、そういう厳格なルールがあるものの、先ほど郁美と麻理江が煙草を吸っているのを見逃してやった。あのふたりの悪事を許しておきながら、罵詈雑言《ばりぞうごん》に傷ついている貴子に酒を出し渋るのはフェアじゃないかもしれない。

「そっ、それじゃあホットウイスキーにしよう。外寒かったし、まずは体を温めないと。温かいお酒は薬みたいなもんだから……そうそう、薬、薬、百薬の長……」

わけのわからないことを言いながら、ふたつのグラスにウイスキーを注ぎ、ポットからお湯を出してホットウイスキーをつくる。

「どっ、どうぞ……」

史郎が差しだしたグラスを、貴子は黙って受けとった。手袋を外した両手でグラスを包みこむように持ち、ぐびりとひと口飲む。ひと口が多い。

（大丈夫なのか？　急性アルコール中毒とかにならないよな……）

貴子は二十歳を超えているが、コンパなどに足を運ぶタイプには見えない。慣れない酒を自棄《やけ》になって呷ったりしたら体がびっくりしてしまうかもしれず、もっと薄めにつくればよかったと後悔する。

「ねえ、管理人さん……」

貴子が眼を伏せたまま声をかけてきた。

「わたしって、そんなに女としての魅力ないですか？」

「ええっ？」

史郎はまだ立ったままだった。あまりにストレートな質問に、座ることも忘れてとりあえずホットウイスキーを飲む。

「さっ、さっきの悪口なら……気にすることないんじゃないかなあ……あのふたりは要するに、あなたに嫉妬してるだけだよ。頭もよくて綺麗でうらやましいのさ。ジェラシーだよ、ジェラシー」

「でもわたし、就活の面接でもよく言われるんです。『お綺麗だけど、いまいち魅力的じゃないねえ』って……もっとはっきり、『色気が足りない』って言われたことも

「……」

「就活の面接で？　テレビ局の？　そっ、それはけしからんセクハラ案件じゃないのかなー。だいたい、女子アナに色気なんて必要なの？　たっ、たとえばだけど、災害のニュース原稿を読んでるのが巨乳の女子アナだったら、巨乳が気になってニュースが頭に入ってこないじゃないか……」

「わたし、処女なんです」

「ええっ！」

衝撃の告白に、史郎は素っ頓狂な声をあげてしまった。

「昔から恋愛に縁がなくて……みんながデートしているときに、わたしは受験勉強。それでいいと思ってましたし、いまの大学に入れて本当によかった。講義もゼミも刺激的だからますます勉強にのめりこんで……気がつけば、二十一歳になっても恋愛経験ゼロ……就活で色気がないって言われる始末……なんだかもう、悲しくなってきちゃいます……」

貴子は眉根を寄せて、悲しそうな表情になった。美人というのはすごい、と史郎は思った。彼女が悲しんでいると、見慣れた自室の風景まで悲嘆の色に染まって見えた。眼鼻立ちがはっきりしているから、感情が伝わりやすいのかもしれない。

「つっ、つまらないことで悲しむことはないよ……」

「つまらないことでしょうか？」

「自慢じゃないけど、僕なんて三十歳まで童貞だったし」

言ってから、背中に冷や汗が伝った。まるでつい最近初体験を迎えたと、告白してしまったようなものだったからだ。つい最近となると、相手が寮生であることがバレてしまうかもしれない。

とはいえ、貴子はこちらの正確な年齢なんて知らないはずだ。いつ童貞を捨てたのか、特定できるとは思えない。

「それで……どうでした？」

貴子が身を乗りだしてきたので、史郎はたじろいだ。

「どうって？　なにが……」

「生まれて初めてセックスしてみた感想を訊いてます」

「そっ、それはっ……」

史郎はパニックに陥りそうになった。望んで迎えた初体験ではないし、相手に対して恋愛感情もなかった。だがしかし、とんでもない巨乳だったので脳味噌が沸騰しそうなほど興奮して大量の精を放出した――初体験の感想なら悲喜こもごもいくらだってあるが、貴子のような完全無欠の美人の口から「セックス」などという言葉が飛びだしたことに衝撃を受け、頭の中が真っ白になってしまった。

3

「暑い……」

貴子はひとり言のようにつぶやいて、ダウンコートを脱いだ。下はベージュのニットと、細身の白いコットンパンツ——上下とも、ファストファッション店で買ったことが一目瞭然のシンプルな装《よそお》いである。

(うーん、これが美人に生まれたさだめってやつか……)

べつにダサくはなかったが、似合っていないのも事実だった。郁美や麻理江が言っていたように、貴子は顔立ちが綺麗に整いすぎているから、廉価で量産型の服は顔に負けてしまうのだろう。

(原色のドレスなんか着たら、さぞや格好いいだろうにな……)

胸底でつぶやきながら、史郎も着ていたダウンジャケットを脱いだ。部屋は暖房がすっかり効いて、ダウンを脱いでも暑いくらいだった。

「ねえ、管理人さん……」

貴子が眼を合わせずに言ってきた。

「協力してもらえませんか?」

「えっ？　なんの協力？」

「就活です」

「僕にできることなら喜んでするけど……」

「じゃあ……」

貴子は大きく息を吸いこみ、それをゆっくりと吐きだしてから言った。

「わたしの処女、もらってください」

「ええっ？」

史郎は自分の耳を疑った。

「わたしに女としての魅力が備わってないのは……」

貴子が続ける。

「まだセックスを経験してないからだと思うんです。だから……」

「いやいやいや……」

史郎は泣き笑いのような顔で首を横に振った。貴子はまだ、ホットウイスキーを三分の一ほどしか飲んでいなかった。酔ってしまうには早すぎる。

「そうかもしれないけど、なにも僕なんかじゃなくても……大学に行けば、同世代で手ごろな相手がいっぱいいるんじゃないの？」

「同世代の男の子はいっぱいいますけど、手ごろな人はいません。はっきり言って、わたしモテませんから。年が近い男の子には怖がられてるっていうか……」

なるほど、と史郎は思ってしまった。たしかに「美人＝モテる」という図式はあてにならないかもしれない。ましてや貴子は美人すぎるほどの美人だから、怖がられてもしかたがないかも……。

「でっ、でもさっ……なにも僕みたいに冴えない男じゃなくても……いいと思うんだけどなあ……」

史郎と貴子は仲がいいわけでもなんでもなかった。まともに会話したことさえ、今日が初めてなくらいなのだ。

「管理人さんがいいんです」

まなじりを決して見つめられ、

「どっ、どうしてだよ？　なんだよその迷いのなさは……」

史郎が卑屈な上眼遣いを向けると、

「三十歳まで童貞っていう話が響きました。そういう人なら、二十一歳になっても処女なわたしを理解してくれるんじゃないかと……」

よけいなことを言うんじゃなかったと思ったところで、すべては後の祭りである。それに、いい歳をしてセックスの経験がないというコンプレックスは、たしかによくわかる。

史郎自身、童貞であることを気にしないように努めていたが、実際にはやはり、恥ずかしいものがあった。それに、半ば無理やりとはいえ、セックスを経験してよかったとも思う。世間の人たちが夢中になって追い求めている肉欲の宴――その一端が垣間見えたというか、理解の一助になったというか……。

「ねえ、お願いします。管理人さん……」

貴子は立ちあがり、ホットウイスキーのグラスをデスクに置いた。

「こちらからお願いしてお相手をしてもらうわけですから、わがままは言いません。管理人さんがしろって言ったことは、どんなことでも文句を言わずに全部します」

「どっ、どんなことでも？」

史郎は眼を泳がせた。どんなことでも全部するということは、たとえばフェラチオもしてくれるのだろうか？　超絶美人で一流大学在学中で、ということはプライドだって高いに決まっている貴子の口腔奉仕――はっきり言って、しているところを想像することさえできない。

（いやいやいや……）

ゲスいとしか言いようがないことが最初に頭に浮かんでしまった自分に、史郎は絶望した。いまはフェラチオなんてどうだっていいのだ。このままでは、貴子の処女を奪うという展開になりそうで恐ろしくなってくる。つい最近まで童貞だった自分に、セックスの手ほどきなんてできるわけないのに……。

（彼女はいま、郁美たちに口汚い陰口を叩かれて、頭に血がのぼってるだけさ。正気を取り戻させてから、セックスは愛しあう者同士がするものだって、諭《さと》してやるしかないな……）

史郎は心を鬼にすることにした。ここはひとつ、自分が悪役を演じて彼女を冷静にさせるしかない。嫌われてしまうかもしれないが、そのときはそのときだ。貴子は頭のいい女である。たとえいまこの瞬間は嫌われてしまっても、いずれはこちらの真意を理解し、感謝してもらえるだろう。

「よーし、わかった」

コホンとひとつ咳払いをしてから、史郎は続けた。

「そこまで言うなら僕も男だ。そっちの願いを叶えてあげようじゃないか」

「本当ですか？」

貴子は珍しく笑顔を見せた。いつだってツンと澄ましている彼女が笑っているところを、史郎は初めて見た気がした。双頬にえくぼができたりして、びっくりするほど可愛かった。

「本当だとも。処女を奪ってあげるから、とりあえず服を脱いで全裸になりなさい」

「えっ……」

可愛い笑顔は一瞬にして消えて、貴子の美貌はこわばった。

「脱ぐって、いまここで？」

「いまここで処女を奪ってほしいんだろ？」

「こんな明るい中でですか？　せめて電気を消して、脱ぐのは布団の中とか……」

「話が違うじゃないか」

史郎は声を尖らせた。

「いまさっき、どんなことでも文句を言わずに全部するって言ったのは、そっちじゃなかったかな？」

「そっ、そうですけど……」

貴子は口ごもり、眼を泳がせた。そうは言ってもいざとなったら大切に扱ってもらえるに違いないという計算が、彼女にはあったのかもしれない。史郎の押しの弱そうなキャラを見極めたうえで、そこまでいやらしいことはさせられないだろうと。

だが、あなどってもらっては困る。こちとら不動産業界で営業マンをやっていたときは、「ジジ殺し、ババ殺し」の異名をとったタフ・ネゴシエーターなのだ。相手が頭脳明晰な女子大生とはいえ、交渉の押し引きで負けるわけにはいかない。

「脱ぐのが嫌なら、もうやめよう。自分の部屋に戻っておとなしく寝たまえ……うん、そうしなさい」

史郎は冷たく言い放った。貴子の心が折れて、さっさとここから出ていってくれることを祈った。史郎にしても、好きこのんで悪役を演じているわけではないのだ。貴子が粘れば粘るほど、意地悪な言動をエスカレートさせなければならない。

「ううう っ……」

貴子は唇を嚙みしめてもじもじと身をよじった。葛藤《かっとう》が伝わってくる。生まれて初めて異性の眼に裸をさらすのは、男の史郎でも恥ずかしかった。女の貴子なら、その何十倍だろう。

「ぬっ、脱ぎますっ！　脱げばいいんですねっ！」

貴子は自分を励ますように声を張り、ベージュのニットの裾をつかんだ。指先が激しく震えていた。それでも歯を食いしばって、ニットをめくりあげていく。一気呵成《いっきかせい》に頭から抜いて、ベッドの上に放り投げる。

（……えええっ？）

史郎は眼を凝らし、訝しげに眉をひそめた。ニットの下に着けているものといえば、普通はブラジャーだろう。冬場の時期なら、寒さ対策を施したインナーウエアというパターンもあるかもしれない。

貴子が着けていたのは、そのどちらでもなかった。さらしを巻いていた。

真っ白い布を胸に……。

「やっ、やだっ！」

貴子が焦った声をあげた。彼女自身、胸にさらしを巻いていることを失念していたかのようなリアクションだった。

「なんなんだ？　それはいったい……」

唖然としている史郎をよそに、貴子の端整な美貌は真っ赤に染まっていった。言葉を返すこともできず、ただ下を向いて震えているばかりだ。

「もういいよ……」

焦《じ》れた史郎は吐き捨てるように言った。

「いいからもう、服を着てここから出ていきなさい。初体験の相手は、もっと慎重に選んだほうがいい。自棄になって経験だけしても、それで女としての魅力が……出たりは……しないと思うが……」

言葉の途中で、貴子は胸に巻いたさらしをはずしはじめた。なにかが変だった。はらり、はらり、とさらしが一周ずつはずされるほどに、胸のふくらみが存在感を放ちはじめた。出来の悪い特撮映像のように、みるみる隆起がふくらんでいく。

（うっ、嘘だろっ……）

貴子がさらしをすべてはずしてしまうと、今度は史郎が体中を小刻みに震わせなければならなかった。

彼女はさらしで、大きすぎる胸のふくらみを押しつぶしていたのだ。世の中に「隠れ巨乳」が存在することを、史郎だって知らないわけではなかった。清純派で売りだしたい新人女優とか、胸が大きいばかりに日々セクハラの餌食になっているOLなどが、大きな胸をわざと隠すのだ。

どうやら、貴子はその類いのようだった。彼女が披露したふたつの胸のふくらみは、驚くほど豊満なサイズで、間違いなく巨乳と呼んでいい乳房だった。

4

異様な雰囲気だった。異様ないやらしさと言ってもいい。

貴子は顔立ちがあまりにも綺麗だから、彼女を見る視線はなかなかスタイルまで及ばない。もちろん、スタイルが悪いわけではなく、全体的にすらりとして手脚が長く、しっかり均整はとれているのだが、顔に比べればこれと言った特徴がないというのが多くの者が抱く印象だろう。

だが、本当は男を惑わせる巨乳の持ち主だったとはびっくりである。純粋な大きさだけなら有里に軍配があがるかもしれないけれど、貴子は全体がスレンダーなうえに顔立ちがクールビューティだから、豊満すぎる乳房とのギャップがすごかった。小ぶりな美乳のほうが絶対に似合いそうなタイプなのに……。

（エッ、エロいだろっ……エロすぎるだろっ……）

史郎の鼻息はにわかに荒々しくなっていった。いにしえの賢人は「美は乱調にあり」と喝破したが、その伝で言えば「エロスはギャップにあり」である。就活の面接官にさえ「色気がない」と蔑《さげす》まれたらしき貴子も、双乳を剝きだしにすると、途端に濃厚な色香を振りまきだした。

「どっ、どうしてさらしなんかで隠してるんだい？」

史郎は滑稽なほど上ずった声で訊ねた。

「胸が大きいほうが、その……色気も増すと思うのだが……」

諭すように言いつつも、史郎は血走るまなこを見開いて貴子の巨乳をむさぼり眺めていた。巨乳は巨乳でも丸みがあって形はよく、乳輪も大きくない。しかも乳首がピンク色だから、AV女優でも滅多にお目にかかれない極上の逸品である。

「だって……」

貴子は苦々しい表情で答えた。

「胸が大きい女って、あんまり頭がよさそうに見えないから……」

そんなことは断じてない！　と史郎は胸底で叫んだ。完全なる偏見であり、下手をすれば差別ではないだろうか？

「それに、胸の大きい女を過剰にもてはやす男の人も大っ嫌い。巨乳とかおっぱい星人とか、語彙《ごい》が小学生レベルじゃないですか」

「ううう……」

史郎は唸った。巨乳好きには、耳が痛い指摘だった。たしかにちょっと幼稚な気もするけれど、少年のように純粋とか、そういうふうに思ってはもらえないだろうか？

「まあ、いいよ……」

史郎は声音をあらためて言った。

「ご高説はけっこうだから、さっさと全部脱いでもらえないかな？」

貴子はまだ、細身の白いコットンパンツを穿いていた。トップレスで巨乳をさらけだしている状態だ。

「どうしても……」

貴子の声は急にか細くなり、こちらの顔色をうかがうような上眼遣いを向けてきた。

「部屋を暗くしてもらっちゃダメですか？」

「ダメだね」

史郎は即座に首を横に振った。

「処女を奪ってほしいなら、まずはありのままの姿を見せてもらわないと……キミにはわからないかもしれないが、男っていうのは興奮しないとセックスできないんだよ。体の構造的にそうなってる。勃起しなけりゃ合体できない……」

　完全なる屁理屈だった。貴子が巨乳をさらけだした瞬間から、史郎は痛いくらいに勃起していた。デニムパンツを穿いているから男のテントが目立たないが、ジャージやスウェットパンツだったら、処女の貴子にも勃起がバレていただろう。

「ううう……」

　貴子は恥ずかしげに美貌を歪めつつ、白いコットンパンツをずりさげた。パンティは白だった。女子中学生が穿くような飾り気がなく、やたらと股上が高い……。

（ダッ、ダサすぎるだろっ……）

　史郎は胸底でつぶやいた。と同時に、息が苦しくなるほど興奮してしまった。それもまた「エロスはギャップにあり」だった。まだ幼さの残る女子大生ならともかく、ツンと澄ましたクールビューティがダサいパンティを穿いていると、それはそれでいやらしくしか見えないから不思議なものである。

　さらに……。

　貴子がパンティを脱ぐと、ギャップのラスボスが登場した。陰毛がなかった。こんもりした恥丘がつるんと白く輝き、立っていても割れ目の上端がチラリと見えている。アーモンドピンクの花びらの上端が……。

「いっ、いやらしいなっ！」

史郎は思わず声を荒らげてしまった。

「処女のくせにＶＩＯの処理をしてるなんて、どれだけ意識高い系なんだよ」

服はファストファッションで下着は女子中学生みたいなのに、脱毛サロン通いとは恐れ入る。どう考えても小遣いの使い道を間違っていたが、パイパンの貴子はいやらしすぎた。隠していた巨乳と絶妙なエロティックハーモニーを奏《かな》で、いても立ってもいられなくなってくる。

「天然ですから！」

貴子が涙眼を歪めて睨んでくる。

「サロンで処理してるんじゃなくて、子供のころからずっとこうなんです！」

「……なるほど」

史郎は貴子から眼をそむけた。濡れ衣《ぎぬ》を着せてしまったのは申し訳なかったが、そんなことより、貴子は残っていたソックスまで脱いで、生まれたままの姿になってしまった。史郎の計算では事ここに至る前に貴子が逃げだすはずだったので、今度は逆にこちらが窮地に追いこまれた格好である。

（ほっ、本当に彼女の処女をっ……この僕が奪うのか？）

色気を増すために処女を捨てたいという貴子の言い分はわからないではないし、実際そういうこともあるかもしれない。

ただ、どうしてその相手が自分なのかとなると、どうにも釈然としなかった。三十歳まで童貞だったから、二十一歳まで処女である自分の気持ちをわかってもらえそうだと言われても、童貞と処女では処女のほうがずっと重いように感じられる。自棄になって捨てたところで、後悔しか残らないのでは……。

「次はどうすればいいですか？」

貴子が挑むように睨んでくる。

「わたし、裸になりましたよ。言われた通り……」

「ううう……」

史郎は奥歯を噛みしめた。釈然とせず、納得がいかなくても、ここまでさせて約束を反故《ほご》にするのはさすがにまずい気がした。処女の裸をただ拝んだだけではなく、隠れ巨乳だの天然パイパンだの、誰も知らないはずの秘密まで知ってしまった。もはや腹を括《くく》って処女を頂くしかないようだ。

「わかったよ。じゃあ望み通りにしてやるさ……」

史郎はまず、部屋の照明を蛍光灯から橙色の常夜灯に変えた。それから、そそくさと服を脱いでいく。

「自分が脱ぐときは暗くするんですね？」

貴子が皮肉めいた口調で言ってきたが、きっぱりと無視する。

「ベッドに横になれよ……」

「えっ？　わたしは全裸なのに、管理人さんはパンツ穿いてるんですか？」

たしかに、史郎はまだブリーフを穿いていた。こちらは貴子と違い、人様に眼福《がんぷく》を与えられる体などしていないからだ。

「いいからベッドに横になれよ。文句を言わない約束だろ」

「はーい」

貴子はとぼけた声で返事をすると、布団に入っていった。明るい中で全裸を見せつけたことで、開き直ったのかもしれない。

（うまくいくのかよ、本当に……）

ドクンッ、ドクンッ、と高鳴る心臓の音を聞きながら、史郎も布団に入った。脚と脚がこすれあうと、気が遠くなりそうになった。雪色に輝いている貴子の素肌は、絹のようになめらかだった。

史郎は貴子の右側に陣取っていた。偶然そうなったのだが、利き腕の右手を自由に使える体勢にホッとした。貴子の素肌のなめらかさにたじろぎながら、とりあえず左腕で肩を抱くと、じっと見つめられた。まばたきもせず……。

（ダッ、ダメだっ……）

史郎はたまらず眼をそむけてしまった。蛍光灯から常夜灯に変えても、息のかかる距離まで顔を近づければ表情はわかる。眼が暗さに慣れてくれれば、もっとはっきり見えるだろう。

貴子は物欲しげな表情をしていた。キスをしてほしいようだったし、まずは口づけから始めるのはごく普通のセックスマナーなのかもしれない。しかし、できなかった。貴子の顔が綺麗すぎて怖かった。こんなに綺麗な顔の女の唇を奪うのは犯罪的な行為な気がして、自分からキスなんて求められない。

「さっ、さっきはよくも言ってくれたな……」

怖さをまぎらわすために、憎まれ口を叩く。

「巨乳が好きな男は大っ嫌いとか言ってたけど、なにが悪いんだ？　僕はおっぱいが大きい女が大好きだぞ。ええ？」

言いながら、右手で胸のふくらみを裾野からすくいあげる。片手ではとてもつかみきれない大きさにたじろぎながら、やわやわと指を動かす。丸々と張りつめている貴子の乳房は弾力があった。やたらとむっちりしていて、指を押し返してくる。揉み応えがあったし、揉めば揉むほど手のひらに素肌が吸いついてくるような、素晴らしい乳房だった。あまりにいやらしい揉み心地に、気がつけば貴子に馬乗りになり、両手で双乳を揉みしだいていた。

「うっくっ……ううう……」

貴子は恥ずかしげに顔をそむけ、眼の下をねっとりと紅潮させていった。その顔がまたいやらしくて、史郎はもっと感じさせてやりたくなる。

舌を差しだし、先を尖らせた。巨乳にしては小さめである可憐な乳首に狙いを定め、チロチロと舐め転がしてやる。

「あおおおっ……」

貴子がもらした声に、史郎はハッと息を呑んだ。彼女の声には特徴がある。女にしてはかなり低めのハスキーボイスだ。女子アナには向きそうもないが、あえぎ声となるとぞくぞくするほど興奮した。女のあえぎ声は普通、甲高いものだ。AVを観ていたって、インタビューのときより二オクターブくらい高い声であえぐ。

だが、貴子はあえぎ声まで低いのだった。低いハスキーボイスに淫らなヴィブラートがかかっており、感じていることが生々しく伝わってくる。

「むううっ……」

激しく興奮した史郎は、乳首に吸いついた。巨乳をくたくたになりそうなほど揉み倒しながら、口内でねちっこく乳首を舐め転がし、チュパチュパと音をたてて吸いたててやる。

「あおおっ、いやあああっ……いやあああああっ……」

「なにがいやだ？　感じてるんだろう？」

「そっ、そんなことっ……そんなことっ……」

貴子は羞じらい深く首を横に振ったが、感じていないわけがなかった。左右の乳首は鋭く尖りきり、唾液の光沢をまとって濡れ光っている。

さらに、そんな乳首を吸えば吸うほど、身のよじり方も激しくなっていく一方だった。馬乗りになっている史郎の両脚の下で、純潔の裸身を釣りあげられたばかりの魚のようにビクビクと跳ねさせている。

5

「もっ、もう許してっ……」

貴子が涙声で哀願してきたので、史郎は乳首を吸うのをいったん中断した。

「いっ、痛いのかい？」

「そっ、そうじゃなくてっ……」

貴子はハアハアと息をはずませながら、戸惑いに眼を泳がせた。

「なっ、なんていうかその……おかしくなりそうっていうか……」

感じすぎておかしくなりそうなのか？　と史郎は前のめりになった。処女であることに加え、感度が悪いという俗説まである巨乳のくせに、なんといういやらしい女なのだろう？

「まあ、いいよ……」

ふーっ、と史郎は太い息を吐きだした。淫心が胸の奥で渦巻いていた。正直、見た目も圧倒的なら揉み心地も最高な巨乳に、未練たっぷりだった。まだまだ戯れていたかったので、つい意地悪を口にしてしまう。

「胸を愛撫するのをやめてほしいならそうするけど、やめたら次に舐めるのは……」

馬乗りの状態で後退っていこうとすると、

「まっ、待ってっ！」

貴子は焦った声をあげて史郎の肩をつかんできた。

「どうかしたかい？　これから前戯のハイライト、クンニをしようと思うんだが」

「そっ、それはっ……それはっ……」

貴子はいまにも泣きだしそうな顔でこちらを見た。

「まさかクンニはNGなんて言いださないだろうな？　どんなことでも文句を言わずに全部するって言ってたのを忘れたのか？」

「でっ、でもっ……でもやっぱりっ……」

貴子の眼尻に大粒の涙が光ったので、史郎はおののいた。気丈そうに見える彼女が泣きだすなんて思っていなかった。おかげで悪役芝居を続けていられなくなり、「大丈夫かい？」とやさしい声をかけてしまう。

彼女はキスをするのも怖いくらいの美形だった。美しいは正義なのだ。そんな女が流す涙に太刀打ちできる男なんているはずがなかった。前言を撤回しようが、約束を反故にしようが、美人の振る舞いならそれは正しい。

「わっ、わかったよ……クンニは勘弁してあげるから、泣かないで……」

なだめるようにささやきながら、馬乗りから添い寝の体勢に場所を移動した。

「ごっ、ごめんなさいっ……わたしどうしても、恥ずかしくてっ……」

「いいから、いいから」

史郎は貴子に気づかれないように深呼吸をしながら、必死に自分を立て直さなければならなかった。美女の涙に気圧《けお》されたままでは、とてもここから先に進めないからである。

そう、この時点で史郎は、もうすっかり貴子の処女を奪う気になっていた。無茶な意地悪で彼女が逃げだしてくれるなら、それはそれでよかったけれど、作戦は見事に失敗した。貴子の勝ち、というわけである。

それに加え、有里や香奈恵とセックスしたときとは違う、不思議な感覚も覚えていた。あのふたりは史郎よりずっと、セックスの場数を踏んでいるうえに、状況によっては3Pまでしてしまう発展家だった。当然のように、史郎は彼女たちにリードされるような展開になった。

しかし、貴子はそうではない。彼女はなにしろ処女なのだ。生まれたままの姿になって男と体を重ねたことがなく、異性の眼に巨乳を披露したのも、それを好き放題にもてあそばれたのも初めてなのだ。

初体験を迎える不安・恐怖・身がすくむ恥ずかしさ——それらは、童貞を失ったときに史郎も感じたことだった。実際に涙を流したりはしなかったものの、泣きそうになった瞬間なら何度もあった。

そんな貴子を自分が大人の女にしてやるのだと思うと、男として奮い立たないわけにはいかなかった。恋愛感情まではいかなくても、シンパシックな感情が自分の中で芽生えていることを史郎はたしかに感じていた。

「うっくっ……」

右手を下半身に這わせていくと、貴子はぎゅっと眼をつぶった。怖いし、恥ずかしいかもしれないが、クンニもなし、手マンもなしでは、処女を奪ってやることはできない。

「脚、開いて……」

耳元でそっとささやくと、貴子は眼をつぶったまま大きく息を吸いこみ、何度もためらいながら両脚を少しずつ開いていった。M字開脚ではなく、逆Vの字開脚だったが、史郎はまず、こんもりと盛りあがった恥丘から撫ではじめた。

(つっ、つるつるだっ……)

天然のパイパンだという貴子の恥丘の触り心地は、素肌に倍してなめらかだった。上薬をたっぷりかけた白磁でも撫でているようだったが、土手高の形状は身震いを誘うほどいやらしい。

「むううっ……」

鼻息を荒らげてさらに下まで手指を這わせていくと、貴子は反射的に両脚を閉じた。史郎の右手を挟み、動けなくしたわけだが、史郎は彼女の覚悟が決まるまで待つことにした。

「ううううっ……うあああっ……」

恥ずかしげに声を震わせながら、貴子は再び両脚を開いていった。史郎の右手の中指は、すかさず女の花に触れた。くにゃくにゃした花びらの感触がこの世のものとは思えないほどいやらしかった。しかも、花びらはじっとりと濡れていた。

(乳首いじりで感じていたのは、嘘じゃないんだな……)

大洪水の予感に、史郎はごくりと生唾を呑みこむ。

「はっ、恥ずかしいっ……恥ずかしいですっ……」

貴子が首根っこにしがみついてきた。そんなおぼこい反応も、男の本能を揺さぶりたててきた。彼女はいま、生まれて初めて異性に性器を触れられているのだ。

「だっ、大丈夫っ……大丈夫だからっ……」

史郎は励ましつつ、左腕で彼女を抱きしめる。一方、右手の中指は、くにっ、くにっ、と女の割れ目を撫でさすっている。強く触らないように細心の注意を払いつつ、時間をかけて貴子の緊張をほぐしていく。

「ううう っ……くぅううっ……」

最初は両脚に力をこめ、太腿をプルプルと震わせていた貴子も、次第に感じはじめたようだった。くにっ、くにっ、と動かす中指のリズムに合わせて、身をよじりはじめた。花びらの合わせ目をそっとくつろげると、奥から新鮮な蜜があふれてきて指にねっとりとからみついてきた。

(すっ、すごい濡れてるっ……)

処女とはいえ、まったく感じないわけではないのだと、史郎は息を呑んだ。二十一歳ともなればセックスに興味がゼロということもないだろうし、なんならオナニーくらいしていても不思議ではない。

(オッ、オナニー、してるのかな?)

超絶美人の貴子が自分で自分を慰めているところを想像すると、眩暈《めまい》がするほど興奮してしまった。下半身が苦しくてしようがなかった。勃起しきった男の器官がブリーフに締めつけられ、悲鳴をあげていた。

史郎はいったん貴子の股間から右手を離すと、ブリーフを脱いだ。苦しかったせいもあるが、別の思惑もあった。貴子の手をそっと取り、パンパンに膨張した肉の棒を握らせる。

「ひっ……」

貴子は空気の抜けるような声をもらしたが、ペニスを手放さなかった。ニギニギと指を動かして、硬さや形状を確かめた。

「こっ、これが……わたしの中に入ってくるんですね？」

怯えた眼つきでささやかれ、

「そういうことになるね」

史郎は静かにうなずいた。

「管理人さんのこれ、すごく大きくないですか？」

「いや、普通じゃないかな……人並みというか……」

自信はまったくなかったが、こんな状況で自虐する気にもなれない。

「……そっ、そうですか」

貴子は釈然としない表情で、ニギニギと指を動かしつづける。

「むううっ……」

美女の愛撫に史郎は唸り、左腕での抱擁を強めた。右手はさらに大胆に動きはじめ、痛くしないように注意しながら、割れ目を開いたり閉じたりする。奥からあふれた新鮮な蜜を割れ目のまわりにまぶしつつ、尺取虫のように中指を動かす。

「あおおおっ……あおおおっ……」

貴子は淫らがましく身をよじり、肉棒をすりすりとしごいてきた。しごき方を教えたわけではないから、本能的にやっているようだった。男に男の本能があるように、女にも女の本能が備わっているらしい。相手を気持ちよくしたいという……。

とはいえ、経験のない彼女に本能だけで強めにしごかれると、

「むむっ……むむむっ……」

史郎は顔を真っ赤にして悶えなければならなかった。刺激が強すぎて、身をよじらずにはいられない。

「なっ、なあ……」

ハアハアと息をはずませながら貴子に声をかけた。

「そっ、そろそろっ……入れてもいいかい？」

「えっ……」

貴子は肉棒をしごくのをやめ、眼を泳がせた。

「もう充分濡れてるから、入ると思うけど……」

「……じゅ、順番が……」

蚊の鳴くような声で言われたので聞きとれなかった。

「えっ？　いまなんて言ったの？」

「なにごとにも順番……みたいなことがあるんじゃないかと……わたしは思うんですけども……」

貴子は困惑顔でもごもご言った。

「なんの順番？」

史郎は首をかしげるばかりだ。

「だからその……管理人さん、キスしてくれてないじゃないですか？　わたしファーストキスもしてないのに、処女じゃなくなるんですか？」

「あっ、いや……」

今度は史郎が困惑顔になる番だった。たしかに、貴子とはまだキスをしていなかった。彼女の綺麗すぎる顔面の圧力におののき、唇を奪えなかったのだ。

しかし、いまならできそうな気がした。愛撫をしたことで、美形の変化を拝むことができたからかもしれない。乳首を吸われて戸惑いながらも感じてしまったり、両脚の間をいじられて身悶えたり、こちらの愛撫に反応をしてくれたことで、少しは圧力が弱まった。

だいたい、唇すら奪えないで、処女なんて奪えるわけがない——史郎は自分を奮い立たせ、息のかかる距離まで顔と顔を近づけた。

「じゃあ……キスするよ」

「……はい」

貴子は小さくうなずくと、まなじりを決して見つめてきた。

「眼、閉じないの？」

上眼遣いで訊ねると、

「ファーストキスですから、思い出を眼に焼きつけておきます」

貴子はまなじりを決したまま答えた。

「……いいけどね」

史郎としては眼を閉じてもらいたかったが、強制するのもおかしな気がした。キスの仕方なんて十人十色、好きなようにすればいいのだ。気を取り直して大きく息を吸いこみ、唇を近づけていく。

「……ぅんんっ！」

貴子としたキスは、びっくりするほど甘酸っぱかった。口を開いたり、舌をからめあったりしなかったせいかもしれないが、有里や香奈恵としたキスとはまったく違う、青いレモンのような味がした。

6

ドクンッ、ドクンッ、と史郎の心臓はにわかに早鐘を打ちはじめた。いまどき高校生でもしないような淡白なキスだったにもかかわらず、唇を重ねたことでふたりの間に流れる空気が変わった。寮の管理人と寮生という、それまでのいさきか距離のある関係からお互い一歩も二歩も前に踏みこみ、親和的な空気が生まれた気がした。

それを感じたのは、史郎だけではなかったらしく、

「あのう……」

貴子は急に甘えるような眼つきを向けてきた。

「史郎さんって、呼んでもいいですか？」

「えっ？」

「だって……これから処女をもらってもらうのに……相手の人をいつまでも管理人さんって呼んでるのも変じゃないですか？」

「……なるほど」

それはそうかもしれない、と史郎も思った。

「じゃあこっちは貴子さんって呼べばいいかい？」

「呼び捨てでいいです」

「貴子……ちゃん」

「呼び捨てでいいですってば、わたしずっと年下なんだし」

眼を見合わせて笑った。彼女のようなツンと澄ました美人と、こんなふうに笑いあえることがあるなんて、夢にも思っていなかった。

（いま一瞬、恋人同士みたいだったよな……）

そう思うと、照れくさくてしようがなかった。彼女いない歴＝年齢の史郎だから、本当の恋人同士の雰囲気なんて想像してみるしかなかったが……。

「史郎さん……」

貴子が噛みしめるように名前を呼んだ。

「もらってください……わたしのヴァージン……」

「……ああ」

史郎は太い息を吐きだしてからうなずいた。こんな状況で、照れている場合ではなかった。これから挑みかかる難関のほうが、いままでよりずっと重要かつ険しいのである。

史郎は場所を移動した。横に並んだ添い寝の体勢から上体を起こし、貴子の両脚の間に腰をすべりこませていく。

（すっ、すげえなっ……）

見下ろせば、絶世の美女が両脚をM字に割りひろげていた。クールビューティにして巨乳、天然のパイパンだという彼女がその格好をしている光景は衝撃的で、史郎は呼吸も身動きもできずにむさぼり眺めてしまう。

「そっ、そんなに見ないでください！」

貴子がいまにも泣きだしそうな顔で言い、

「ごっ、ごめんっ……」

史郎は気を取り直して勃起しきったペニスを握りしめた。貴子にしごかれたせいもあり、先端から大量の我慢汁を噴きこぼしている。テラテラ光っているその部分を、女の割れ目にあてがった。パイパンなので狙いを定めるのは難しくなかった。

「史郎さんっ……史郎さんっ……」

貴子が両手をひろげて抱擁を求めてくる。史郎としてはもっとじっくり貴子のM字開脚を眺めていたかったし、なんなら結合部も拝んで眼に焼きつけておきたかったが、貴子に上体を被せていった。恥ずかしいところをジロジロ見るのは、さすがに品がなさすぎると思ったからである。

「いっ、いくよ……」

右腕で貴子の肩を抱き、美しすぎる顔を見た。視線と視線がぶつかりあい、からまりあっていくのを感じながら、史郎は腰を前に送りだした。

「むむっ！　むむむっ！」

ぐっ、と亀頭を埋めこもうとしても、できなかった。かたく閉じた処女の関門が、挿入を拒否していた。

(初めてのときは入りづらいってよく言うけど……)

聞きしに勝る堅固さに、額から脂汗が噴きだしてくる。ぐっ、ぐっ、ぐっ、と何度押しても入っていけない。入っていけないのに、貴子は痛みを感じているようで、こちらを見ていたいようなのにたまらずぎゅっと眼をつぶる。

(いっ、いいのか？　このまま続けていいのか？)

不安と迷いが史郎の胸を揺さぶり抜く。世の中には処女を奪うことが大好きな男もいるらしいが、尊敬せずにはいられなかった。これは大変な作業である。女を泣かせてもいいと腹を括らなければ、できることではない。

「しっ、史郎さんっ……」

貴子が眼をつぶったまま声をかけてきた。

「なっ、なんだい？」

「わたし、痛くて泣くかもしれませんけど……大泣きしちゃうかもしれませんけど……途中でやめないで……」

「……ああ」

史郎はうなずくしかなかった。彼女の言い分はもっともだった。途中でやめてしまっては、痛いばかりで目的が遂げられない。処女を奪ったということにならなければ、なにをやっているかわからない。

史郎はいったん貴子の頭の下から右腕を抜くと、

「いっ、いくぞっ！」

自分に気合いを入れるように声を張り、空いた右手で勃起しきった肉棒を握りしめた。根元を握った状態で割れ目を亀頭でぐりぐりとこすりたて、ねじりこむようにして入れようとする。

「うぐっ……ぐぐぐっ……」

貴子は歯を食いしばり、美形の顔をみるみる真っ赤に上気させていった。痛みを感じているようだったが、ここで手心を加えるのは彼女のためにならないと史郎は自分に言い聞かせた。割れ目を亀頭でぐりぐりしつづけていると、亀頭の先端が埋まった気がした。ほんの少しだったが、この手応えを逃すまいと腰を前に送りだしていく。と同時にあらためて右腕で貴子の肩を抱き、渾身《こんしん》の力でこちらに引き寄せる。

「ひっ、ひぃぎいいいいーっ！」

貴子の口から人間離れした悲鳴が迸《ほとばし》った。史郎には、奪った、という感触があった。処女を奪ったのだ。おのが男根が、処女膜を破って貴子の中に入っている。さらに腰を前に送りだし、肉棒を根元まできっちりと収める。

「うぐぐっ……うぐぐぐっ……」

貴子は燃えるように熱くなった顔を、史郎の胸にこすりつけてきた。激痛が生々しく伝わってきたが、健気《けなげ》にも涙は流していないようだった。

史郎はハアハアと息を荒らげながら、腰を動かしはじめた。もはや処女を奪ったことは間違いなく、貴子は大人の女になっているはずだったが、こちらが射精まで辿り着かなければ彼女も納得しないだろうと思った。

もちろん、そんなことを冷静に考えていたわけではない。処女とまぐわっている感覚は、非処女のそれとはまるで違った。生木に楔《くさび》を打ちこんだようにキツかったし、男根を怖いくらいに食い締めてきた。

興奮せずにはいられなかったし、興奮が体を突き動かした。気がつけば、ぐいぐいとピストン運動を送りこんでいた。自分でも驚いてしまうほど、スムーズに腰が動いた。初めての正常位ではあれほどぎこちなかったのが、まるで嘘のようだった。

「おおおっ……おおおおっ……」

野太い声をあげてフルピッチで突きあげていると、瞬く間に射精欲がこみあげてきた。つい先日まで童貞だった史郎とはいえ、この時点では多少は射精のタイミングをコントロールできるようになっていた。自慰ですら自分を焦らすことがよくあるので、極端に難しいわけではなかった。

だが、このときばかりは射精を我慢しようとは露ほども思わなかった。もちろん、こちらの射精が長引けば、貴子に負担をかけることになるからだ。いまは涙を我慢している彼女も、長引けば泣きだしてしまうかもしれなかった。彼女が泣くところを、史郎は二度と見たくなかった。

「でっ、出そうっ……もう出そうっ……」

興奮に上ずりきった声で言うと、

「ううう……うううう……」

貴子は眼を開けてうなずいた。眼は開けても歯を食いしばっているので、言葉は返ってこなかった。

「だっ、出すよっ……出しちゃうよっ……」

史郎はフィニッシュの連打を送りこみ、射精寸前でスポンッとペニスを女体から抜いた。処女の蜜でネトネトになった肉棒をしごきたてると、ドクンッ！　と爆発が起こった。ペニスの芯に灼熱が走り抜けていき、白濁した粘液が噴射した。鞴《ふいご》のように上下している貴子の腹部にそれは着弾した。

「おおおおっ……ぬおおおおおーっ！」

ドクンッ、ドクンッ、ドクンッ、とたたみかけるように起こる射精の快感に、激しく身をよじった。放出のたびに痺れるような快感が全身を打ちのめし、まるで雷にでも打たれている気分だった。

すべてを出しおえると、貴子を見た。

放心状態でこちらを見ていた。見開かれた眼には涙が浮かんでいたが、泣いてはいなかった。気丈にも最後まで泣くことをこらえた彼女が愛《いと》おしくなった史郎は、上体を覆い被せ、熱い抱擁を交わした。

第五章　開花のとき

1

冬は恋人のいない者にとってつらく厳しい季節である。

十二月に入るや街はクリスマスムード一色となり、キラキラしたイルミネーションやツリーが眼に飛びこんでくるし、コンビニやスーパーでもＢＧＭがクリスマスソングに変わる。恋人や家族がいない者は、疎外感がすごい。

もちろん、それは毎年のことであり、史郎はいままでほとんど気にとめたことがなかった。ああ、今年ももうすぐ終わるのか、と軽い感慨を覚えるくらいのもので、それ以上でも以下でもなかった。

とはいえ、今年ばかりはいささか違う心境だった。イルミネーションが視界に入ってきたり、クリスマスソングが聞こえてくるたびに、胸が締めつけられる。ハンバーガーショップでクリスマス仕様のセットメニューを見ただけで、涙ぐみそうになったりもしている。

（これはかなりの重症だな……）

肉体的には一〇〇パーセント健康でも、恋の病《やまい》にかかっていた。三十年間生きてきて、こんなにも胸が苦しいのは初めてだった。恋わずらいをナメていたのかもしれない。恋愛ものの映画やドラマを観てもいまいち感情移入できなかったのは、ただ単に経験が不足していただけなのだろう。

恋の相手は浅井貴子……。

就活戦線で勝ち残るために色気が欲しいという、いささかぶっ飛んだ理由で処女を差しだしてきた女である。

最初から、恋をしていたわけではなかった。人間、どうあっても手の届きそうもないものを欲しがったりはしない。才色兼備にして九つも年下の女子大生に恋をするなんて、いままでの史郎には考えられないことだった。そもそも恋愛に疎《うと》い草食系男子であり、フラれることを恐れるあまり異性との関わりを遠ざけていたのだから、高嶺の花に恋をする勇気なんてもちあわせているはずがなかった。

なのに……。

理由はどうあれ、貴子の処女を奪ったことで目の前の景色が劇的に変わった。大人の女にしてやったという事実が、容姿や学歴の格差を乗り越えさせた。発展家の有里や香奈恵とはまったく違う、初々《ういうい》しい反応が毎晩のように夢に出てくる。彼女と恋人同士になり、キラキラしたイルミネーションを一緒に眺める場面を想像しては、病気でもないのに胸が痛くてしかたがない。

だがもちろん、そんな気持ちを彼女に伝えることはできなかった。貴子は女子アナを目指して奮闘努力中であり、いまでも深夜になると屋上で懸命に発声練習をしている。彼女のコンセントレーションを掻き乱してはならない。好きだの愛しているだのキミの抱き心地が忘れられないだの、よけいなことを言うのは愚の骨頂、思いやりの欠片《かけら》もない男に成り下がってしまう。

だいたい……。

処女を捧げてくれたとはいえ、恋をしているのは史郎ひとりに決まっているのだ。愛の告白をして気持ちが通じあう可能性があるなら、勇気を出して告げてもいいけれど、ハッピーエンドが望めないことは史郎がいちばんよくわかっている。

貴子の目的はあくまでも処女を捨てることであり、史郎と結ばれることではなかった。そのせいか、あの日以来、なんとなく避けられているような気がしていた。史郎にとっては生涯忘れることのできない思い出でも、彼女にとっては黒歴史、忘れてしまいたい過去になっている可能性のほうが高い気がした。

〈まほろば荘〉は冬休みに入ろうとしていた。寮生は地方出身者ばかりだから、十二月二十五日を過ぎると続々と帰省していった。

「管理人さーん」

これから帰省するという有里と香奈恵が声をかけてきた。

「今年はお世話になりました。管理人さんとはいろいろありましたけど、年もあらたまることですし、全部水に流しましょうねー」

やたらとニコニコし、猫撫で声を出しているのには理由があった。有里の左手の薬指には銀色のリングが嵌《は》まっていた。男からのクリスマスプレゼントに違いなく、それで機嫌がいいのである。

「これ、わたしたちから管理人さんへのお歳暮でーす」

可愛い包装紙でラッピングされた箱を差しだしてきた香奈恵も、すこぶる機嫌がよかった。史郎と3Pして以来、有里との仲がいままで以上に深まったらしく、合コンに誘われる関係になったらしい。こちらもこちらで、男とうまくいきそうなのだろう。小麦色に日焼けした顔が、妙につやつやしている。

「それじゃあ、管理人さん、年末年始、楽しんでくださいねー」

クスクスと楽しそうに笑いながら〈まほろば荘〉を出ていったふたりを見送りなが

ら、史郎は深い溜息をついた。

（男も女も、恋の行方《ゆくえ》次第で機嫌がよくなったり悪くなったり、大変だ……）

人間とはそういうものだと言われればそうなのかもしれないが、なんとも言えない気分になる。有里や香奈恵のことを、盛《さか》りのついたメス猫と揶揄《やゆ》することはできない。史郎もまた、恋をしているからである。盛りはついていないが……。

（しかし、なんだろう？　お歳暮って……）

かつては寮生から差し入れやおみやげをよくもらったものだが、このところぱったりと途絶えていた。もちろん、花嫁募集中でもなければ実家が富裕層でもないと宣言したからだが、あれ以来の珍事である。

（ふふんっ、曲がりなりにもセックスした仲だから、ちょっとは気を遣われてるのかな……）

鼻歌まじりで階段をのぼり、屋上に続くハシゴに足をかける。山根課長のデマを信じて色仕掛けをされたこともあれば、ふたりがかりで3Pを強《し》いられたこともあるけれど、いまとなってはいい思い出だった。有里も香奈恵も恋愛が順調そうだから、二度とあいうことはないだろう。大いなる安堵とともに、一抹の淋しさが胸をよぎっていく。

「……んっ？」

可愛い包装紙を破って箱を開けてみると、赤い筒状のなにかが五つ並んでいた。使ったことがなかった史郎は、それがＴＥＮＧＡだとわからなかった。ネットで正体を探ると、体中が小刻みに震えだした。ＴＥＮＧＡとは、最新型の男性用オナニーグッズである。

「あっ、あいつらっ……なにが楽しんでくださいだっ！」

屈辱的な贈り物に、顔が燃えるように熱くなった。自分たちには男ができたから、こちらはオナニーでもしていればいい、ということだろうか？　おまえなんてお猿さんのように自分で自分を慰めているのがお似合いだとでも言いたいのか？

「ナメてるっ……やつらは完全に僕のことをっ……」

有里や香奈恵に、なにかを期待した自分が愚かだった。恋が実って機嫌がよくなっても、あのふたりはやはり、鬼か悪魔だ。

年の瀬が迫ってきた。

〈まほろば荘〉の寮生と同じように、史郎もまた地方出身者なので、年末年始は故郷に帰省する計画を立てていた。就職してからは盆暮れのどちらかに帰省できればいいほうだったが、実家の居心地は悪くない。母親が異常に世話焼きなので、上げ膳据え膳の毎日が待っている。

その計画が頓挫《とんざ》してしまったのは、寮生の中でひとりだけ、帰省しない者がいたからだった。

貴子である。

なんでも、冬休み期間中でもアナウンススクールに休みはなく、むしろ就活も大詰めで受講生は眼の色を変えているらしい。となると、管理人の自分がのんびり帰省することはできない、というわけだ。

自分ひとりのために食事を用意してもらうのは忍びないと思っているのか、貴子はこのところ、朝夕ともに外食している。おかげで史郎は、思いきり暇をもてあますことになった。

（よけいな気を遣わなくていいのに……）

朝夕の食事を提供するのはもちろん、必要なら昼食用の弁当を用意したってかまわない。だが、相手が貴子となると言いだせなかった。ただ単に気を遣われているのではなく、こちらと顔を合わせたくないという理由で、食事をキャンセルしているのかもしれないからである。

（なんだかなあ……）

日が暮れると早々に、酒を飲みはじめる毎日だった。スーパーの割引き弁当を肴《さかな》に安売りの缶チューハイ——自分だけのために、凝った料理をつくる趣味はない。弁当を食べおえると、眠くなるまでＹｏｕＴｕｂｅばかり見ている。

明日はいよいよ大晦日だが、特別なことをするつもりはなかった。他人が見れば淋しい年末年始に見えるかもしれないけれど、そんなことは気にならない。淋しいのはむしろ、十部屋を擁する広い建物とはいえ、ひとつ屋根の下に貴子がいるのに、ろくに話もできないことだった。寮の食事をキャンセルしている彼女は、毎日朝早く出ていっては、夜遅くに帰ってくる。

（いいんだ、これで……）

就活に向けて眼の色を変えて頑張っているときに、鼻の下を伸ばした三十男の顔なんて見たくもないだろう。どう考えても、集中力が乱れる。そのせいで貴子の夢が破れたりしたら、悔やんでも悔やみきれない。

2

管理人室の扉がノックされた。

「……はっ、はーい！」

弁当で腹を満たし、缶チューハイ三本で酔っ払った史郎は、ＹｏｕＴｕｂｅをつけっぱなしにして寝落ちしてしまっていた。

あわてて立ちあがり、扉を開けると貴子が立っていた。ダウンコートを着て、大切そうに一升瓶を抱えて……。

時刻は午後九時、彼女が帰ってくるにはいささか早い。いつも屋上で発声練習をするのは、午後十一時を過ぎてからだ。

「どっ、どうかした？」

どぎまぎしながら訊ねると、

「これ、どうぞ……」

貴子が一升瓶を差しだしてきた。

「地元の銘酒で、とってもおいしいんですけど、東京では全然見かけたことがなくて……たまたまデパートのリカーショップにあったから、思わず買っちゃいました。お屠蘇《とそ》にでもしてください」

「ああっ、それはどうも……ありがとう……」

史郎は恐縮しながら一升瓶を受けとった。新聞紙に包まれていた。といっても、貧乏くさい感じではなく、あえてそういう包装らしい。いかにも少量しか醸造していないマニアックな清酒という雰囲気である。

（どっ、どうしよう……）

心づくしの差し入れをしてもらってそのまま帰すというのも冷たい気がしたし、かといって管理人室に招いてもろくなもてなしができない。

「ちょっと暖まっていってもいいですか?」

貴子のほうから言われた。

「わたしいま、外から帰ってきたばっかりで……ほら。ここの暖房、とっても暖かかったから……」

「あっ、ああ……」

史郎はこわばった顔でうなずき、貴子を部屋の中に通した。

「でも、なんのおかまいもできないよ」

「そんなのいいんです、全然……」

貴子は大型ガスファンヒーターの前にしゃがみこみ、茶革の手袋をした両手をかざした。

「わたし雪国育ちだから寒さには慣れてるはずなのに……東京の寒さは、雪国とはまた違いますよね?」

「わかる。雪が積もっていたほうがかえって暖かい気がするもんな」

「軽井沢でしたっけ?」

「ああ、うん。実家がペンションを経営しててね。家族経営だから、僕もちっちゃいころからコキ使われててさ」

「いいなあ……」

貴子はファンヒーターに両手をかざしながら、まぶしげに眼を細めた。

「わたし、子供のころから家族と険悪だったから、そういうの憧れちゃいます」

「ハハハッ、憧れられるようなもんじゃないよ」

談笑まじりに会話をしていても、お互いの態度はぎくしゃくしていた。貴子はファンヒーターに向かってしゃべっているし、史郎もまた、彼女の後ろでおろおろするばかりだ。時折、チラリと横顔をのぞきこんでは、

（やっぱり綺麗だな……）

と冴えた美貌に感嘆する。はっきり言って、顔の美しさだけなら現役女子アナより上なのではないだろうか？　彼女と体を重ね、あまつさえ処女まで奪ったなんて、いまでも信じられない。

「それ、なんですか？」

貴子が訊ねてきた。

「えっ……」

彼女の視線を辿った史郎は、卒倒しそうになってしまった。ファンヒーターの後ろにチェストがあり、その上に小物が飾ってあった。

本社に勤めていたとき、商談先の爺さんや婆さんにもらったアンティークの置き時

計や木彫りの龍、普段使いするには渋すぎる陶磁器などだが、いちばん手前に赤い筒状のものが五つ並べて立ててあった。

TENGAである。有里と香奈恵にもらったあと、酔った勢いで並べたのだ。自虐まじりの冗談というか、ひとり遊びのお戯れであり、すぐに片づけるつもりだったのだが……。

「ちっ、違うんだっ！」

史郎はあわてて言った。

「僕が買ったものじゃなくて、悪友がふざけて送りつけてきて……ただ面白がって飾ってみただけで、決して使ってるわけでは……」

貴子はキョトンとした顔をしている。

「意味がわかりませんけど……」

わからなくていいっ！　と史郎は胸底で絶叫した。知らないなら知らないで、一生困ることがないものだと言ってやりたかった。

しかし、いまはインターネット時代——わからないことがあればスマホで即調べるのが普通であり、きっと貴子は調べるだろう。しらばっくれて、あとからTENGAの正体を知られるほうが恥ずかしい気がした。自分の口から言わないと、ヘビーユーザーと勘違いされそうである。

「しっ、信じてくれよ……僕は使ったことがないし、これから使うつもりもない。あくまで悪友がふざけて送ってきたもので……」

「だからいったいなにに使うものなんですか？」

貴子がしつこく問いただしてくるので、

「スッ、スマホで調べてみればいいよ……商品名はＴＥＮＧＡ……Ｔ・Ｅ・Ｎ・Ｇ・Ａ……」

覚悟を決めて言った。

貴子は怪訝《けげん》な表情のまま、ダウンコートのポケットからスマホを取りだした。画面を見つめている彼女の顔はみるみるこわばり、やがて真っ赤に紅潮していった。

「こっ、これっ……男の人のものを入れるんですか？」

啞然としたような口調に、史郎は泣きたくなった。貴子の眼の色は軽蔑が八割、同情が一割五分、好奇心が少々という感じだった。

「そっ、そうらしいね……使ったことないけど」

「本当ですか？」

貴子が眉をひそめる。

「男の人って、なんだか可哀相……」

「いやいやいや……」

史郎はあわてて反論した。

「自慰をするのは生理現象の一環であって、可哀相とかそういう問題じゃないと思う。こう言っちゃなんだけど、女性用のラブグッズだって最近はいろいろ出まわってるみたいだし、自慰を蔑視するなんてナンセンスだ」

自分でもなにを言っているのかよくわからなかった。自慰を礼賛している場合ではないのに、混乱のあまりよけいなことを口走ってしまった。

「……わたしがしましょうか？」

貴子が横眼で見つめてきた。

「わたしがその、ひとりでする協力をするというか……」

「なっ、なにを言ってるんだ？」

史郎は苦笑したが、双頬が思いきりひきつっていた。一瞬、貴子がＴＥＮＧＡを使って自分のイチモツを愛撫しているところを想像してしまったからだった。それはまずい。女子アナ志望の高嶺の花に、オナニーグッズを使ってオナニー幇助《ほうじょ》をさせるなんて、いくらなんでもアンモラルすぎる。

だが、彼女の発言の真意は、もっと過激なものだった。

「この前のお礼に……お口でしてあげてもいいですけど……」

冗談はよせっ！　と史郎は胸底で絶叫した。

「おっ、お口でって……キミは自分がなにを言ってるのかわかってるのかい？　はしたないというかハレンチというかお下品というか……」

この前まで処女だったくせに、いつの間にそんないやらしい発想をするようになったのだろう？

「だって……」

貴子は眼の下を赤く染めながら恥ずかしそうに言葉を継いだ。

「管理人さんがひとりでしてると思うと可哀相で……」

「べつに可哀相じゃないから」

「わたしのお口って、そんなに魅力ないですか？　ＴＥＮＧＡを使ってひとりでするほうが気持ちいいんでしょうか？」

「だから使ったことなんてないんだよ」

「じゃあ、させてください……」

貴子は立ちあがると、ダウンコートを颯爽《さっそう》と脱いだ。ノーブルな濃紺のスーツを着ていた。リクルートスーツはたいてい野暮《やぼ》ったいものだが、貴子のそれはタイトフィットしたデザインでスカートの丈も短く、容姿だけなら間違いなく女子アナ合格間違いなしと太鼓判を押したくなる麗《うるわ》しさだった。

「すっ、素敵なスーツじゃないか……」

思わず感嘆の声をもらすと、

「管理人さん……ううん、史郎さんに抱かれた次の日に買ったんです……大人の女になった記念に貯金を叩いて……」

貴子は眼を泳がせながら言った。

「処女のころだったらたぶん、こんな大人っぽいデザインの服は買えませんでした。お店の人に勧められても断ったというか……でも、処女じゃなくなったら不思議なくらい積極的に選べたんです。アナウンススクールの友達も、みんな似合ってるって褒めてくれました……史郎さんのおかげです」

「いっ、いやあ……」

史郎はどういう顔をしていいかわからなかった。濃紺のタイトスーツはたしかによく似合っていたが、それが自分の手柄だとは思えない。貴子はそもそも群を抜いた美人なのだから、ファストファションのシンプルコーディネイトより、大人っぽい服が似合うのはわかりきっていたことだった。

3

「お礼をさせてください」

貴子が足元にしゃがみこんだので、史郎は焦った。

「なっ、なにをするんだっ……」

戸惑うばかりの史郎をよそに、貴子はベルトをはずし、ズボンとブリーフをめくりおろした。手つきがぎこちなく、いささか時間がかかったが、史郎は金縛りに遭ったように動けなかった。

ぶーんっ、と唸りをあげて男根が屹立し、

「あっ……」

貴子が切れ長の眼を真ん丸に見開く。反射的に顔をそむけたが、すぐに男根に視線を戻し、大きく息を吸っては、ゆっくりと吐きだす。

「……失礼します」

右手を伸ばしてきて、根元にそっと指をからませた。史郎は一瞬ビクンッとしたが、まだ身動きひとつとれなかった。

（うっ、嘘だろっ……）

眼下に突然現れた衝撃的な光景に、まばたきや呼吸すらできなかった。

才色兼備の女子大生が、自分のペニスを握っていた。しかも、貴子は今日、本物の女子アナかと見まがうような濃紺のタイトスーツ姿なのである。

現実感がまるでなかったが、これは夢ではなかった。その証拠に、彼女に握られている肉棒はズキズキと熱い脈動を刻んでいる。貴子がすりすりとしごきはじめると、鈴口から大量の我慢汁がどっと噴きこぼれた。

とはいえ、処女を失ったばかりの貴子にフェラチオの経験があるわけがなく、戸惑いに眼を泳がせている。

「やっ、やめるんだっ……」

史郎は上ずった声で言った。

「そっ、そんなことしなくていいからっ……されても困るからっ……」

頭脳明晰な超絶美女はプライドも異常に高そうで、やめろと言われると意地でもやりたくなるのかもしれなかった。貴子は上眼遣いで挑むように史郎を見上げてくると、口を開いた。薔薇の花びらのような赤い唇を卑猥なOの字にひろげ、鬼の形相でいきり勃《た》つペニスの先端を口に含んできた。

「むううっ！」

史郎は眼尻が切れそうなほど眼を見開いた。亀頭に訪れた生温かい口内粘膜の感触もいやらしかったが、見た目はそれ以上だった。どんな女だってペニスを口に咥えれば鼻の下が伸びて情けない顔になるものだが、貴子は美形中の美形だからツンと澄ましている普段とのギャップがすごすぎる。

「うんぐっ……ぅんんっ……」

貴子の美貌はいやらしいほど歪んでいた。ただ、鼻息をはずませてしゃぶりあげようとしても、合コン大好きな誰かのようになかなかうまくいかない。だが逆に、それが初々しくて興奮を誘う。口内で必死に舌を動かしているのが健気すぎて、愛おしさばかりがこみあげてくる。

「……どうすればいいですか？」

貴子が困り顔で訊ねてきたので、

「なっ、舐めればいいんじゃないかなあ……」

史郎は気まずげにそわそわしながら答えた。

「男がいちばん感じる部分は、ここなんだ……」

カリのくびれを指差す。

「ここを集中して舐めてもらえると……なんていうんだろう、泣きたくなるほど気持ちがいいというか……」

先ほどまで完全に逃げ腰だったのに、フェラチオ指南をしている自分に驚く。とはいえ、相手は初心者なのだから教えるしかないし、すでに先っぽを咥えてもらったので、後戻りだってできない。

「わかりました」

貴子はまなじりを決してうなずくと、舌を差しだした。唇が深紅の薔薇なら、舌も綺麗なローズピンクだった。しかも、思ったよりも長い。声質はしゃがれたハスキーボイスでも、滑舌はいいのかもしれない。

「むううっ！」

カリのくびれをペロペロと舐められると、史郎の体は伸びあがった。ソフトクリームを舐めるような色気のない舌使いだったが、ヴィジュアルの美しさがそれを埋めあわせ、男心を揺さぶり倒す。舐め方が拙いことが、かえって舌の感触の初々しさを増長させているような気さえしてくる。

「こっ、今度は舌先を尖らせて、亀頭の裏側を舐めてくれないか？　チロチロッ、チロチロッ、てくすぐるように……おおおっ！　そうだよ。すごく気持ちいいよ。気持ちいいっ……」

史郎は首にくっきりと筋を浮かべ、顔を燃えるように熱くしていった。貴子のような高嶺の花にフェラチオ指南し、好きなように舐めてもらえるなんて、夢のようだとしか言い様がない。

「わっ、悪いけど、もう一回しゃぶってもらえるかな？　無理だと思っても意外に深いところまで咥えこめるみたいだから……おっ、おおおっ！　たまらないよっ！　たまらないじゃないかよっ！」

貴子は男根の半分も咥えこめなかった。しかし、それでいい。眉根を寄せ、瞳を潤ませ、苦しそうに咥えてくる顔だけですさまじく興奮する。

史郎の両脚はガクガクと震えはじめ、呼吸も恥ずかしいほどはずんでいた。このまま野太い声をあげ、射精に至ることさえできそうだったが、スポンッと口唇から男根を引き抜いた。

「……えっ？」

不思議そうな顔をしている貴子の腕を取って立ちあがらせた。すかさず抱きしめ、唇を重ねる。フェラチオをしてくれたお礼にねっとりと口内を舐めまわし、唾液が糸を引くほど舌と舌とをからめあわせる。

「どっ、どうしたんですか？」

ディープなキスをしたせいで、貴子の眼つきはトロンとしていた。

「出すまでしますよ、わたし……処女をもらってくれたお礼ですから……」

「それはちょっとフェアじゃないな」

史郎は真顔で返した。

「舐めてもらったら、舐め返してあげる……それが真っ当な人間関係っていうものだろう？　今度はキミが舐められる番だ」

「そっ、それはっ……」

貴子の顔がにわかにひきつった。それもそのはず、処女喪失を志願してきたときでさえ、彼女はクンニリングスを拒んだのだ。

「フェラまでしてもらって、このまま済ますわけにはいかない。僕を恩知らずな薄情な人間にしないでくれ」

「薄情なんて思いません……」

「それに……」

史郎はもったいぶって言葉を切り、貴子の顔をまじまじとのぞきこんだ。男の器官を舐めしゃぶったせいか、それとも熱いキスと抱擁の成果なのか、表情からほんのりと欲情が伝わってくる。

彼女にしても、セックスに興味がないわけじゃないのだ。もう二度としたくないなら、わざわざこの部屋を訪れる必要はないし、フェラチオをするなどと言いだすはずがない。

「思いきって舐められてみたら、いまよりもっと女としての魅力が出るかもしれないよ。色気が出るっていうか……」

完全なる口から出まかせだった。根拠なんてひとつもなかったが、史郎は貴子にクンニがしたかった。処女を奪ったときは痛い思いばかりさせてしまったけれど、クンニなら多少は気持ちがいいだろう。その行為は恥ずかしすぎるものかもしれないが、それ以上の快感があるから、たいていの女がクンニを好きなのだ。

それに、史郎の口から出まかせは、思わぬ効果を発揮したようだった。

「そうでしょうか……わたし、もっと色気が出ますか？」

訊ねてきた貴子にしても、効果は半信半疑だったろう。しかし、言い訳はできたのだ。色気をゲットするためにされると思えば、股間を舐めまわされる恥ずかしさに耐えられるかもしれないと……。

あまつさえ、彼女は処女を失って自分に女としての魅力が出たと思っているところだった。普段なら選ばない大人びたスーツを着て、友達に褒められたと言っていた。普通に考えれば処女を失ったせいではなく、もともと彼女はそういう服が似合ったのだろうが、貴子自身は処女喪失と関連づけて考えたがっている。セックスを知ったことで色気が出たと思っている。

「……暗くしてもらえますか？」

貴子がか細く震える声で言い、

「あっ、ああ……」

史郎は気圧されながらうなずいた。部屋を暗くしてほしいということは、つまりクンニしてもいいということだからである。

（落ち着け、落ち着け……）

自分に言い聞かせながら、蛍光灯を常夜灯に変えた。みずから求めておきながら、いざとなると怖じ気づいてしまうのは、経験の少なさのせいだった。舌技に自信があるどころか、その逆なのだから……。

とはいえ、貴子がその気になっているのに、逃げ腰になるわけにはいかなかった。彼女に気づかれないように何度か深呼吸してから、ベッドにうながした。

「あっ、スーツ脱がないと皺になっちゃうか……」

せっかく買い求めたばかりの勝負服を台無しにしてはまずいと思ったが、

「大丈夫です」

貴子はこわばった顔で返してきた。

「自分でアイロンかけますから、このままで……」

ベッドにあお向けになり、両手で顔を覆い隠した。スーツが皺になるより、裸になるほうが恥ずかしいのかもしれない。

それはともかく、先ほどまで仁王立ちフェラをされていた史郎は、ズボンとブリーフだけをずりさげられた情けない格好だった。とりあえずそれを脱いでみたが、下半身だけ裸というのも変態性欲者みたいなので、思いきって全裸になった。部屋の暖房は効きすぎるくらい効いていたので、寒くはない。

4

（まな板の上の鯉《こい》、ってやつだな……）

ベッドにあお向けに横たわり、両手で顔を覆い隠している貴子を見下ろしている史郎の胸は高鳴っている。しかも彼女は、鯉ではなく鯛である。そしてこちらには、最高級の魚をさばく腕がない駆けだしの板前……。

ええいままよ、と史郎は裸身を躍らせてベッドにあがった。腕があろうがなかろうが、この状況で腰が引けたら男がすたる。

「いっ、いやっ……」

両脚をM字に割りひろげると、貴子は小さく声をもらした。拒絶しているわけではなく、恥ずかしがっているだけだとわかったが、

（うっ、うおおおおおーっ！）

史郎のほうが叫び声をあげてしまうところだった。

貴子はナチュラルカラーのパンティストッキングを着けていた。スーツに生脚はマナーとしてもおかしいし、師走に生脚では寒すぎるから当然だ。

とはいえ、高嶺の花のパンスト姿はいやらしすぎた。股間を縦に割るセンターシー

ムに悩殺され、勃起しきった男根の先端から先走り液がじわっと漏れる。

しかも、そのパンストに透けているのは、ゴールドベージュのパンティだった。極薄のナイロン越しにもつやつやしたシルクの光沢がまぶしく、ハイレグのデザインも、足ぐりを飾るレースも、ひと目で高級ランジェリーとわかるものだ。前に体を重ねたときは、女子中学生みたいなダサいパンティだったのに……。

（こっ、これも処女を捨てた影響か……）

人気アイドルグループの元マネージャーが、彼氏ができた子はすぐにわかるとネットコラムで告白していた。曰《いわ》く、下着が派手になるかららしい。男の眼を意識すれば自然とそうなるのかもしれないが、ここまで露骨とは……。

（エッ、エロいっ……エロすぎるだろっ……）

なにしろ貴子は超絶美人なので、ダサいパンティもギャップを生んでいやらしかったが、高級ランジェリーにはそれ以上のインパクトがあった。まず、ゴールドベージュという色合いが悩殺的だった。コンサバティブにしてゴージャスな発色に、舌を巻かずにいられない。

さらに、腰のあたりまで切れこんでいるハイレグのデザインがエロティックだ。フロント部分が股間にぴっちりと食いこみ、いまにも割れ目の形状まで浮かせてしまいそうである。

（たっ、たまらんっ……たまらないよっ……）

眼を見開いてむさぼり眺めるほどに、史郎の鼻息は荒くなっていった。よくよく考えてみれば、下着も脱がさずに両脚を開いてどうやってクンニするのかという大問題が残されているのに、そんなことも忘れて顔を近づけていく。

「むううっ……」

こんもりと盛りあがった恥丘に、鼻の頭を押しつけた。そのまま悩ましいカーブをなぞるように動かせば、必然的に女に匂いが鼻腔に流れこんでくる。

クールビューティである貴子は、眼鼻立ちが整いすぎていてともすれば人間味が薄く感じられるが、股間は生々しいほどメスの匂いがした。アナウンススクールに行ったままの格好だから、一日中蒸れていたに違いない。

「あっ、あのうっ！」

貴子が叫ぶような声をあげた。

「にっ、匂いとか嗅がないでくださいね！　絶対！」

「わかってる、わかってる」

史郎は生返事をしながら、貴子に気づかれないように匂いを嗅ぎまわした。こんないい匂いを、嗅がずにはいられなかった。いや、いわゆるいい匂いではないのだが、男の本能にダイレクトに響くのだ。嗅げば嗅ぐほど体内にエネルギーが充満し、雄心を勃発させてくれる。

「あっ、あのさっ……」

史郎はうかがうような上眼遣いを貴子に向けた。彼女はまだ、両手で顔を覆い隠したままだった。

「スッ、ストッキング破ってもいいかな？　もちろん弁償する！　あとでコンビニ行って買ってくるから……」

ナイロンフェチな性癖があるわけではないけれど、下着を脱がすためにはまず、タイトミニのスカートを脱がさなければならない。となると、せっかくM字に割りひろげている両脚をまっすぐに伸ばさなければならず、スカートを脱がしてから二枚の下着も脚から抜かなければならない。そういう行程が、気が遠くなりそうなほど面倒に思えたのである。

貴子は指の間をほんの少しだけ開いてこちらを見ると、

「……いいですけどね」

地を這うような低い声で言った。もともとしゃがれたハスキーボイスなので凄みがあったが、怯《ひる》むわけにはいかなかった。

ビリッ！　と音をたてて極薄のナイロンを破った。センターシームを裂くようにして、縦に割った。下に穿いているゴールドベージュのパンティは、思った以上に光沢があった。やはり高級ランジェリーだ。高嶺の花にはよく似合う。

とはいえ、のんびりと眼福を楽しんでいるわけにはいかなかった。史郎の目的はあくまで貴子を気持ちよくさせること——処女喪失のときに痛い思いばかりをさせてしまった罪滅ぼしとして、ちょっとは性の悦《よろこ》びを与えてやりたい。

（みっ、見ちゃうぞっ……見ちゃうからなっ……）

ふうふうと鼻息を荒らげながら、パンティのフロント部分に指をかける。ぐっと片側に寄せていけば、天然のパイパンが姿を現す。こんもりと盛りあがった真っ白い恥丘がまぶしすぎる。

「いやあああっ……」

貴子が羞恥に歪んだ声をあげ、史郎の息はとまった。真っ白い恥丘の下に、アーモンドピンクの花が咲いていた。まだ純潔を失ったばかりの花びらはくすみがなく、縮れもほとんどなかった。ぴったりと口を閉じて、うっとりするほど美しいシンメトリーを描いていた。

（美人っていうのは、こんなところまで綺麗なんだな……）

史郎は感涙さえ流しそうになりながら、唇を獰猛《どうもう》なタコのように尖らせた。チュッ、チュッ、と音をたてて女の割れ目にキスをした。貴子は美人すぎるから、最初は唇さえ重ねられなかったけれど、どういうわけか股間にキスは自然とできた。

「あおおっ……あおおおっ……」

貴子が激しく身をよじる。感じているというより、羞《は》じらっているような反応だったが、ハスキーボイスのあえぎ声に史郎は激しく興奮した。

（エッ、エロいっ……女子アナ向きじゃないかもしれないが、この低いあえぎ声はエロすぎるっ……）

舌先を尖らせると、割れ目を下から上になぞりはじめた。ツツーッ、ツツーッ、と舌先を這わせるほどに、貴子の反応はよくなっていった。ただ羞じらっているだけではなく、感じていることが伝わってくる。割れ目から滲みだしてきた発情の蜜が、舌先にからんで糸を引く。

もっと感じろ、もっと感じろ――史郎は胸底で呪文のように唱えながら、執拗に割れ目をなぞりたてた。やがて、花びらがはらりとほつれていき、つやつやと濡れ光る薄桃色の粘膜が恥ずかしげに顔をのぞかせた。

「あおおおっ……はぁおおおおっ……」

敏感な粘膜に新鮮な空気を感じた貴子は、身をよじるだけではなく腰をくねらせはじめた。驚くほど淫らな反応だった。

ひくひくと熱く息づいている薄桃色の粘膜からは、メスの匂いがする蜜があとからあとからこんこんとあふれてくる。舌を伸ばしてペロペロと舐めまわしていると、あっという間に口のまわりが蜜にまみれた。

手応えを感じた史郎は、眼を凝らしてあるものを探した。もちろん、女の体でいちばん敏感であるというクリトリスだ。貴子は天然のパイパンなので、股間は見晴らしがよかった。とはいえ、女性器の形状はどこまでも複雑だから、必死に眼を凝らして探すしかない。

(……こっ、これか？)

花びらの合わせ目の上端に、それらしきものがあった。といっても、はっきりそうだと確信できたわけではなく、なんとなくそんな気がするだけだ。

試しにペロリと舐めてみると、

「はっ、はぁおおおおおおおおおおーっ！」

貴子はプレハブの天井が吹き飛びそうなほど声をあげ、ビクンッ、ビクンッ、と腰を跳ねさせた。さらに下半身に力を込め、M字に開かれた両脚を閉じようとしてきた。史郎はなんとかM字開脚をキープしたけれど、高嶺の花とは思えない強い力だった。つまり、意志の力ではなく、体が勝手に反応してしまったのだ。

(間違いないな……)

ここがクリトリスと狙いを定めた史郎は、尖らせた舌先で舐めはじめた。といっても、クリトリスは敏感すぎるほど敏感らしいから、触れるか触れないかぎりぎりの感じで、チロチロ、チロチロ、と刺激してやる。包皮どころか、アーモンドピンクの花びらに埋まっているような状態だったが、強引に剝いたりはしなかった。生まれて初めてクンニをされる貴子にはちょうどいいだろう。

「はぁおおおっ……ダメえええっ……ダメえええええっ……」

貴子はもはや、我を忘れたようによがっている。もはや両手で顔を覆い隠していることもできなくなり、紅潮しきった美貌をさらけだして、艶やかな長い黒髪をうねうねと波打たせる。

ヴァージンブレイクのときに痛がってばかりいたことを考えれば、雲泥の差だった。となると、史郎の舌使いも必然的に熱を帯びていく。クリトリスだけではなく、花びらの内側や蜜を漏らしつづけている薄桃色の粘膜まで舐めまわせば、貴子はハスキーボイスが嗄《か》れるような勢いであえぎにあえぐ。

たまらなかった。

熱烈な愛撫で女を感じさせることこそ男の悦びであるとすれば、前回にはそれがなかった。処女だったのだからしかたがないが、二回目の今回はこんなにもよがらせている。痛みに耐えさせるばかりではなく、快感を与えている。そのことが、なによりも嬉しい。嬉しくて嬉しくてしようがない。

「いっ、いやっ……いやあああーっ！　いやいやいやいやあああーっ！」

不意に貴子が、切羽つまった声をあげた。

「ダッ、ダメですっ、史郎さんっ！　そんなにしたらダメッ！　おかしくなっちゃいますうううーっ！」

おかしくなればいい、と史郎は胸底でつぶやいた。つぶやきながら、しつこいまでにクリトリスを舐め転がした。こちらにとっても慣れないクンニだから、顎の付け根が痛くなってきたが、かまっていられなかった。高嶺の花をよがらせていることが嬉しすぎて、もはや陶酔の境地に達していた。

「ああっ、好きだっ！　好きだよ、貴子っ！」

一瞬クリトリスから舌を離し、まだ極薄のナイロンに包まれている太腿に頬ずりしながら、うわごとのように言ってしまう。

「好きだよっ！　大好きだよ、貴子っ！　貴子おおおおーっ！」

言おうと思って言った台詞《せりふ》ではなかった。陶酔の境地に達するほど興奮していれば、言葉をコントロールすることなどできなかったし、ましてや愛の告白のつもりでもない。ただ、胸に溜めこんでいた思いを吐きだしただけだ。

「ああっ、いやっ！　あああっ、いやあああああーっ！」

生まれて初めて経験するクンニリングスに悶え泣いている貴子の耳に、史郎の声は届いていないようだった。だが、それでいい。いまはすべてを忘れて肉の悦びに溺れていれば……。

「イッ、イクッ！　イクイクイクイクーッ！」

貴子は絶頂に達し、そのときばかりは甲高い声をあげた。ビクンッ、ビクンッ、と腰を跳ねあげながら、別人のように女らしい声をあげ、恍惚《こうこつ》の彼方《かなた》へとゆき果てていった。

5

「ひっ、ひどいっ……ひどいですっ……」

イキきった貴子は再び両手で顔を覆い隠し、「ひっ、ひっ」と嗚咽《おえつ》をもらしはじめた。史郎は激しくうろたえた。ひどいことをしたつもりはまったくなかったけど、彼女が泣く姿を見ていると恐ろしくなってきたからだ。超弩級《どきゅう》の美人を泣かせると、男という生き物は途轍《とてつ》もない罪悪感を覚えるものらしい。

そんな気持ちも知らぬげに、貴子は手放しで泣きじゃくりはじめた。彼女は紺色のタイトスーツを着たままだった。暑いに違いなく、クンニの途中から顔が真っ赤に染まっていた。いま両手で覆い隠している美貌も、真っ赤なうえに汗がじっとりと浮かんでいる。

「なっ、泣かないでくれよ……」

こちらこそ泣きたい気分だと思いながら史郎が声をかけると、

「泣きますよっ！」

貴子は跳ねるような勢いで上体を起こした。

「どうしておかしなタイミングで、いちばん言ってもらいたかったことを言うんですか？　ひどいじゃないですかっ！」

「えっ……」

「わたし、生まれて初めて告白されたのに……それも、好きな人から好きって言われたのに……その直後にイッちゃうなんて、恥ずかしすぎますっ！」

「あっ、いやっ……」

史郎はにわかに言葉を返せなかった。

貴子がクンニでイッたのは、不思議でもなんでもなかった。もちろん、自分の舌技でイカせたことは嬉しかったし、男として自信を得ることができたけれど、処女であろうがオナニーくらいしているだろうと思っていたからである。史郎にしても、童貞のときからオナニーは日課だった。

それはともかく、「好きな人から好きって言われた」とはどういう意味なのか？

まさかの相思相愛だったのか？　こちらが超絶美人な女子大生に思いを寄せるのはお

かしなことではないだろうが、逆は理解できなかった。頭の中が、クエスチョンマークだけに埋め尽くされていく。

「あっ、あのう……」

卑屈な上眼遣いで貴子を見た。

「いま、なんて言いました？」

「ううう……」

貴子は泣き腫らした眼を三角に吊りあげ、いまにも噛みつきそうな顔で睨んできた。

言葉は返ってこない。

「告白されたとか好きな人とか、よく意味のわからないワードがちりばめられすぎてるんだが……」

「そのままの意味ですけど」

唸るような低い声で返ってくる。

「つっ、つまり……キミは僕のことを好きなわけ？」

「悪いですか？」

「悪くはないけど、なんで？」

貴子はやれやれとばかりにふーっと息を吐きだすと、

「たぶん、男の人にやさしくされたことがなかったからでしょうね」

言葉の内容とは裏腹に、やけに尖った声で返してきた。

「そうなの？　ちょっと信じられないなあ。そんなに美人なのに……」

「だから何回も言ってるじゃないですか。わたし学校とかだとまったくモテないんです。怖がられちゃって……」

それはなんとなくわかる。彼女の通っている超一流名門大学の女子は、男に敬遠されがちという話を聞いたことがある。男というのは女の上に立ちたい生き物だから、高学歴が恋の障害になるのである。

「僕、やさしかったかな？」

「……はい」

「どのへんが？」

「もうっ！　そんなこといちいち訊かないでください」

プイッと顔をそむけられてしまい、史郎は焦った。

「なんなんだよ……なんでそんな怒ってるわけ？」

「史郎さんが無神経だからじゃないですか」

「それは……ごめん」

「史郎さんもわたしのことが好きなんですよね？」

「そりゃまあ……そうだけど……」

史郎の心臓はにわかに早鐘を打ちだした。貴子が顔をそむけつつも、横眼でチラチラとこちらの様子をうかがってきたからだ。

ここで逃げ腰の発言をしたら幻滅される——恋愛偏差値が極端に低い史郎でも、それくらいのことはわかった。

「すっ、好きだよ」

胸を張り、堂々と伝えた。

「才色兼備の高嶺の花なのに、さらなる高みを目指して健気に努力しているキミが好きだ。大好きだ」

貴子がこちらを見た。横眼ではなく、まっすぐに。涙に濡れた美貌がみるみる真っ赤に紅潮していった。史郎の顔もまた、燃えるように熱くなっていく。

「でも……でもね……それは口にしてはいけないことだと思ってた。キミはいま就活戦線真っ只中で、告白なんかされても迷惑なだけだろうし……だけどさっきは、興奮しすぎてつい口走っちまった……すまなかった……好きだって気持ちに嘘はないけど、いまのキミに言っていいことじゃなかった……」

貴子は小さな溜息をひとつつくと、

「もういいんですよ……」

愁いを帯びた横顔でつぶやくように言った。その様子があまりにも淋しそうだったので、史郎は激しい不安に駆られた。

「なにがいいんだい？」

「わたしの就活、もう終わりましたから」

「えっ？　どういうこと？」

「前にも言ったじゃないですか。民放キー局は、とっくに内定を出してるんですよ。この時期になっても内定が出てない落ちこぼれは、年明けから過熱化する地方局の採用を目指してるんですけど……わたしの場合、地方局に採用されても意味ないし……たとえ実家のテレビに映る地元の局でも、Ｕターン就職なんてしたくないし……もう女子アナになる夢は諦めました……いまだに毎晩発声練習したり、アナウンススクールに通ってるのは、意地を張ってるだけなんです……」

「……そうだったのか」

史郎はがっくりと肩を落とした。女子アナ向きの声質ではないことから、彼女の夢が叶う可能性は低いと思っていたが、いざ現実になってみると自分のことのように落胆してしまう。

「ごめんなさい……」

貴子は眼尻の涙を指で拭いながら立ちあがった。

「わたし、ひどい顔してますよね？　お化粧直してきますから、洗面所お借りしていいですか？」

「あっ、ああ……」

史郎は呆然としたまま言った。

「せっ、洗面所はないんだけど、バスルームはあっち……」

「じゃあ、シャワーお借りしてもいいですか？」

「どっ、どうぞ……」

貴子は涙に曇った顔を隠しながら、バスルームのほうに歩いていった。その後ろ姿を見送りながら、史郎はしみじみと夢が破れてしまった彼女の心持ちを想像し、目頭を熱くした。

（つらいだろうなあ……）

子供のころからこれといった夢をもたずに生きてきた史郎でも、貴子のつらさは容易に想像できた。なにしろ、寒い中、あれほど頑張って発声練習に精を出していたのだ。民放キー局の採用試験だって、容姿だけなら合格確実、頭のよさや努力を惜しまない性格だって二重丸、ただ声質だけが向いていなかったのだ。生まれもったもので選別されてしまうなんて、まったく世の中は不公平である。

それはそうとして——。

「まっ、まずい……」

史郎はハッと我に返った。バスルームにタオルがないことを思いだしたからだった。あわててクローゼットを開いた。たまたま買い置きしてあった新品のバスタオルがあったので、それを持ってバスルームに向かう。

バスルーム前の脱衣所と部屋は、カーテンで仕切られているだけだった。声をかけようとして、史郎は言葉を呑みこんだ。全裸だったからである。貴子は濃紺のタイトスーツを着たままクンニを受けたが、先にフェラをされた史郎は全裸になって舌奉仕に励んでいたのだ。

（こっ、これじゃあまるで変態じゃないか……）

全裸なうえに勃起しきった男根を反り返していては、あまりにもバツが悪かった。新品のバスタオルを渡してやるという気遣いも、この姿ではすべてが台無し、失笑を通り越して軽蔑される恐れさえある。

6

（まいったなあ……）

脱衣所のカーテンの前で史郎はおろおろしていた。全裸に勃起した姿で貴子にタオルを渡したくないし、かといって服を着ている暇はない。そんなことをしていれば、貴子のほうが服を脱いでしまう。

現にカーテンの向こうからは、衣擦れ音が聞こえてきているし……。

（もうダメだ。間に合わない。こうなったら……）

貴子がバスルームに入ったところを見計らって、脱衣所にバスタオルを置いておくしかないだろう。そうすればこちらの情けない姿を見られなくてすむし、湯上がりの貴子が困ることもない。

史郎は息を殺し、耳をすました。カーテンの向こう側にいる貴子は、まだ服を脱いでいるようだった。衣擦れ音によってそれは察せられたが、気配をうかがっているうちに、よこしまな欲望がむらむらとこみあげてきてしまった。

貴子の脱衣シーンをのぞいてみたいという欲望である。

もちろん、のぞきのごとき卑劣な行為は断じてやってはならないことだ。しかし、史郎と貴子はもはや他人ではない。処女を奪ったただけではなく、クンニでイカせただけでもなく、相思相愛であることまで確認しているのである。

そうであるなら、それなりのムードをつくれば、彼女の全裸を拝ませてもらうのはそれほど難しいことではないだろう。貴子がシャワーを浴びてメイクを直したあと、先ほどの続きが始まる可能性も高い。可能性というか、史郎としてはぜひとも続きがしたい。

（おっ、同じだよ……どうせ一回見てるわけだし……なんならさっきは、スーツ姿のまま股間だけを剝きだしにするっていう、全裸以上に恥ずかしい格好でクンニしていたわけで……）

そうやって自分を誤魔化してみたところで、本心が別にあることくらい、史郎にだってよくわかっていた。

お互い了解の元で裸にするのと、自分で脱いでいる姿をこっそりのぞくのでは意味が違う。後者のほうがずっとエロティックかつスリリングかつエキサイティングである。もちろん、のぞかれる女が無防備だからだ。

ごくり、と生唾を呑みこんだ。

史郎がここにいることに、貴子は気づいていないようだった。気づいているなら、とっくになにか言ってきているだろう。つまり、これはまたとないのぞきのチャンスなのである。貴子のような美女の脱衣シーンを拝める機会なんて、二度と訪れることがないかもしれない。

カーテンをチラリとめくり、脱衣所をのぞきこんだ。

（うおおおおおーっ！）

眼に飛びこんできた衝撃的な光景に、史郎は胸底で雄叫びをあげた。貴子はすでにタイトスーツを脱ぎ、下着姿だった。とはいえ、巨乳を隠したい彼女は、ブラジャーをしていない。白いさらしで胸のふくらみを押しつぶしているのだが、それをはずしているところだった。

しかも、下半身はパンティストッキング姿――女のパンスト姿というのは、どうしてこんなにも男心をくすぐるのだろう。ガーターストッキングのごときセクシーランジェリーよりいやらしく見えるのは、自分だけではないはずだ。

それが、女の楽屋裏だからである。パンストは脚を美しく見せるけれど、スカートに隠している部分はむしろ無残なまでに格好悪い。だが、女としては隠しておきたいその格好の悪さが、得も言われぬエロスを生むのだ。

（ぬっ、ぬおおおおおおおーっ！）

貴子が胸に巻いたさらしをすっかりはずすと、史郎は再び胸底で雄叫びをあげた。全体的にはスレンダーなのに、胸のふくらみはたわわに実っている。二度と拝むことがないだろうと諦めていた垂涎《すいぜん》のヌードと再会できた感動に、ハアハアと息がはずみだし、股間のイチモツがビクビクと跳ねる。

さらに貴子は、腰を屈めてパンストを脱ぎはじめた。くるくると丸めて脚から抜き、続いてパンティも取ってしまう。

いよいよ全裸になったわけだが、貴子はそのままバスルームに入らなかった。脱衣場の壁には全身が映る鏡が貼りつけられており、それを見ながらつやつやした長い黒髪をアップにまとめた。

そこまではよかった。長い髪が濡れないようにまとめるのは、女としてはごく普通の所作だろう。おかしなところはひとつもない。

しかし……。

髪をアップにまとめても、貴子はまだバスルームに入らなかった。

真顔で鏡を見ながらたわわに実った双乳を両手で持ちあげると、タプタプと揺すりはじめた。最初は、さらしに押しつぶされていた巨乳をいたわる仕草かと思ったが、そうではなかった。

鏡を見ながら眉根を寄せたり、唇を尖らせたり、あるいは半開きにしたり、男を誘うような表情をつくっている。さらには巨乳を揺するだけでは飽き足らず、しなをつくったポーズまでとりはじめた。

（うっ、嘘だっ……）

見てはならないものを見てしまったショックに、史郎の体は小刻みに震えはじめた。なるほど、自分のヌードがどんな具合なのか知りたくなるのは、せつない乙女心かもしれない。彼女は絶世の美女と言っても過言ではないほどの美貌を誇り、スタイルも抜群なうえに巨乳である。史郎だって彼女ほど恵まれた容姿をもっていれば、自分のヌードを見てうっとりしてしまうだろう。

だがしかし、キャラに合っていないのだ。いつも自信満々で、ツンと澄ましている高嶺の花が、鏡の前でしなをつくっているのはいただけない。艶消しもいいところである。処女を失い、男の舌でイカされたことで、どれほど色香が増したのか知りたくなったと言い訳されたところで、看過することはとてもできない。

（やっ、やめてくれっ……そんなことしないでくれっ……）

史郎の心の叫びなど届くはずもなく、貴子はその場にしゃがみこんだ。そして驚いたことに、鏡に向かって両脚をＭ字にひろげたのである。

史郎の顔からは血の気が引いていった。

貴子の股間はエステサロンなどでＶＩＯを処理したのではなく、天然のパイパンらしい。ということは多少の無駄毛があるかもしれず、それを気にしているのかもしれないし、先ほど生まれて初めて男に舐めまわされた大切な器官が無事なのか、確認したかったのかもしれない。

いずれにせよ、貴子にそんなことをしてほしくなかった。高嶺の花のイメージが、ガラガラと音をたてて崩れていく。

貴子の醜態はまだ続いた。今度は四つん這いになって鏡に尻を突きだした。そうしておいて振り返り、眉根を寄せた挑発的な表情をつくる。瞼を半分落としたり、唇を半開きにしたり、色っぽい表情の百面相を始める。

（さっ、誘うつもりなのか？　そうやって僕をっ……）

獣じみたワンワンポーズだけでも衝撃的なのに、いくらなんでもやりすぎだった。女子アナの夢を諦めて、今度はＡＶ女優でも目指すつもりなのか？　貴子なら引く手あまたに違いないが、そんなことは自分が許さない。相思相愛の相手の痴態を日本全国、いや全世界に向けて配信されてはたまらない。

心が千々に乱れていく。

もう我慢の限界だった。

ついこの前まで処女だったと思ってやさしくしていたのに、ひと皮剝けばこの有様とは情けなくて涙が出てきそうだ。それほどまでにいやらしい表情やポーズを披露したいのなら、相思相愛の自分の前でやればいいではないか。ワンワンポーズで尻を振り、後ろから入れてくださいとおねだりすれば……。

頭に血が昇った勢いのまま、乱暴にカーテンを開けた。

「きゃっ！」

貴子が悲鳴をあげ、眼を見開く。四つん這いの体勢からさっと立ちあがり、豊満すぎる双乳と天然パイパンを両手で隠す。もちろん、そんなふうに羞じらったところで後の祭り、彼女の本性はすでに露見していた。

「なっ、なんですか？　失礼じゃないですか……」

貴子が声を震わせながら睨んできた。

「バッ、バスタオルをっ……」

史郎の右手には新品のバスタオルが握られていた。それを渡すためにやってきたのだが、もうそんなことはどうだってよかった。バスタオルを床に叩きつけ、鼻息も荒く貴子にむしゃぶりついていった。お互い全裸同士だから、さらにカーッと頭に血が昇っていく。

「なっ、なにをするんですかっ！」

貴子は声を跳ねあげたが、それはこっちの台詞だと史郎は胸底で吐き捨てた。誰だって入浴前後に裸身を鏡で見ることくらいあるだろうが、彼女の場合はいやらしすぎた。ただ単に鏡を見るだけではなく、男の眼を意識しすぎていた。

「離してくださいっ！　わたしまだシャワーを浴びてないし、顔だって……」

貴子はいやいやと身をよじったが、

「焦らしすぎなんだよ！」

史郎は彼女以上の声量で一喝した。

「シャワーを浴びて戻ってきたらさっきの続きをしようと思ってたのに、いったいなにをやってるんだ？　鏡の前で脚をひろげたり、四つん這いになったり……」

「みっ、見てたんですか？」

貴子の顔色が変わった。

「のぞいたわけじゃない。そんな卑劣な行為は断じてしていない。バスタオルを置きにきたらカーテンがちょっと開いてて見えちゃったんだよ」

もちろん嘘だったが、のぞき野郎の汚名だけは着るわけにはいかなかった。

7

「うんんっ！」

いやいやと身をよじりつづけてる貴子の唇を強引に奪った。

「やっ、やめてくださいっ！」

貴子には気丈にも首を振ってキスをほどいたが、

「いいじゃないかっ！」

史郎は眼力を込めて貴子を睨んだ。

「好きあってるんだから、キスしたっていいじゃないかっ！　相思相愛なんだから、もっといやらしいことしたっていいじゃないかっ！」

言いながら、自分が混乱していることを自覚せずにはいられなかった。

鏡の前でいやらしい表情やポーズをしている貴子の姿を見て頭に血が昇り、脱衣所に突撃してきたはずだった。まずは咎めるつもりだったのに、いやらしい貴子に欲情しているもうひとりの自分がいる。彼女ともっといやらしいことをしたいという欲望が、抱えきれないほど大きくなっていく。

「ぼぼぼっ、僕のこと、好きじゃないの？」

震える声で訊ねると、貴子は悔しげに唇を嚙みしめた。否定しないということは、肯定の意ととらえていいはずだった。

「ぅんんっ！」

もう一度、唇を重ねた。貴子はもう、いやいやと身をよじっていなかった。史郎が舌を差しだし、上唇と下唇の合わせ目を舐めていると、やがて口を開いて史郎の舌を受け入れてくれた。

「ぅんんっ……ぅんんっ……」

史郎は思いきりねちっこく舌と舌をからめあわせた。のぞきによって火がつけられた淫心が、唾液が糸を引くような濃厚なキスによってさらに大きな炎へと燃えあがっていく。

「あっ、あのうっ……ぅんんっ！」

貴子がすがるような眼を向けてきても、史郎はキスを中断せず、ますます深く濃厚にしていった。

貴子の言いたいことなら、言葉にされずともわかった。セックスをするのならベッドに行きたい、というのがひとつ。その前にシャワーを浴びてメイクを直したい、というのがもうひとつ。

だが史郎には、どちらの希望も受け入れがたかった。欲望はすでに限界を超えて高まっているから、もうこれ以上は待っていられない。それに、舌と舌とをしつこくからめあわせながらも、史郎は横眼で鏡を見ていた。全身が映る大きな鏡に、裸の男女が映っていた。

（すげえっ……すげえっ……）

横眼で鏡を見るほどに、激しいまでに興奮した。まるで自分たちふたりがＡＶの画面の中に入りこんでしまったような気分だった。ベッドでじっくり愛しあうのもいいけれど、いまはこのシチュエーションを手放したくない。

「すっ、好きなんだよ、貴子っ……もう我慢できないんだっ……」

好きというのは貴子にとって魔法の言葉らしく、急にそわそわしはじめた。史郎はその隙を見逃さず、彼女の後ろにまわりこんだ。

「いっ、いやあああっ……」

貴子が悲鳴をあげたのは、史郎が後ろからふたつの胸のふくらみをすくいあげたからだけではなかった。正面の鏡に、その様子が映っていたからだ。

（こんなふうにされたかったんだろう？　こんなふうに……）

史郎は鏡越しに貴子を眺めながら、たわわに実った双乳を揉みしだいた。弾力のある乳肉をわしわしと揉めば、もっちりした素肌が手のひらに吸いついてくる。身震いを誘うほどいやらしい揉み心地に、夢中にならずにいられない。

とはいえ、普段はさらしによって存在を隠されている巨乳ばかりに、夢中になっていたわけではない。

（エッ、エロいだろっ……エロすぎるだろっ……）

鏡を見れば、紅潮しきった貴子の顔を拝むことができた。鏡を見ながら男を挑発する表情の練習をしていたが、実際には挑発するどころか、羞恥に苛《さいな》まれてくしゃくしゃに歪んでいる。

だが逆に、そういう表情のほうが男はそそる。貴子はいま、羞恥の極みに立っている。全裸で鏡の前に立ち、男の愛撫を受けとめている。普段はさらしの下に隠されている巨乳を揉みくちゃにされているし、天然パイパンの股間は割れ目の上端が見えており、アーモンドピンクの花びらがちょっとだけはみ出している。

「ああっ、いやああああっ……あああっ、いやあああっ……」

そんな姿で腰をくねらせてあえいでいるのだから、すさまじい眼福だった。しかし、いまはまだ序章に過ぎない。こうなったらAV男優になった気分で、どこまでも淫らにならなければ損である。

「ねえ、史郎さんっ、許してっ……もう許してっ……」

貴子はいったん中断してシャワーを浴びたいようだった。それが叶わぬならベッドに移動したいのだろうが、興奮しきっている史郎は彼女の両手を取り、鏡につかせた。さらに腰を後ろに突きださせれば、立ちバックの体勢の完成である。

「ああっ……」

貴子は肩をすくめて身震いした。史郎の右手の中指が、尻の桃割れの奥に忍びこんでいったからである。

ぐっしょり濡れていた。先ほどイッたばかりだから、まだ興奮が冷めやらぬようだった。中指を尺取虫のように動かせば、淫らなまでに濡れた花びらが指にからみついてくる。

「あおおおーっ！」

浅瀬をヌプヌプと指先で穿《うが》つと、貴子は低い声であえいだ。ハスキーボイスに、いやらしすぎるヴィブラートがかかっていた。眉根を寄せた表情を鏡越しにうかがうと、感じているようだった。処女膜を失った肉穴には簡単に指が挿入できたし、ということはペニスの挿入もスムーズなはずだ。

（よーし……）

史郎は大きく息を吸いこみ、ゆっくりと吐きだしながら、こちらに向かって突きだされている尻の双丘をつかんだ。

豊満な乳房をもつ貴子だが、ヒップはそれほど大きくない。どちらかと言えば小ぶりで、引き締まっている。果実のように丸く、桃尻というのはこういうことをいうのだな、と史郎は感嘆することしかできない。

尻の双丘をぐいっと左右に割りひろげると、セピア色のアヌスが見えた。さらにその下には蜜を浴びてヌラヌラと輝く、アーモンドピンクの花びら……。

いやらしすぎる景色だった。バックスタイルは初めて挑戦する体位だし、立ったままとなると難易度も高そうだった。それでも史郎は、勃起しきった男根を握りしめ、切っ先を濡れた花園にあてがっていった。このまま繋《つな》がりたいと、男の本能が叫んでいた。

「こっ、こんなところでっ……」

振り返った貴子は咎めるように見つめてきたが、

「ワンちゃんみたいに後ろからされたいんだろう？」

史郎は勝ち誇った顔で言った。

「大きすぎるおっぱいは嫌いでも、小さめのお尻は好きなんじゃないか？　さっき四つん這いで鏡に映していたものなあ」

「しっ、知りませんっ！」

貴子は振り返っていた顔を前向きにもどしたが、そんなことをしたところで、羞恥にまみれた顔は鏡にしっかり映っている。

「いくぞ……」

史郎は息をとめ、腰を前に送りだした。ずぶっ、と亀頭が埋まりこみ、処女のときとは比べものにならないスムーズさで奥まで入っていける。といっても、彼女はこれが二回目のセックス。肉穴の締まりはキツキツで、結合しただけで史郎の両脚はガクガクと震えはじめた。

「おおおおっ……おおおおっ……」

貴子が低い声でうめく。鏡に映った表情は苦しげでも、どことなく安堵しているようでもある。破瓜《はか》の痛みを忘れられず、身構えていたからに違いない。だが、彼女にも女の本能が備わっている。我を忘れるほど乱れて、恥ずかしいほど感じてみたいと、心の奥底では絶対に思っている。

「むううっ……」

史郎は腰を動かしはじめた。意識したわけではないけれど、まずはグラインドで肉穴を掻きまわした。貴子の中はよく濡れて、ずちゅっ、ぐちゅっ、という肉ずれ音が、耳からではなく性器を通じて伝わってくる。

「こっちを見るんだ」

鏡越しに声をかけた。

「眼を開けてしっかりこっちを見てくれ」

「ううう……」

貴子が顔をそむけたので、史郎は後ろから双乳をすくいあげた。たっぷりした乳肉にぐいぐいと指を食いこませ、尖りかけている乳首をつまみあげてやる。

「あおおおおーっ！」

貴子がのけぞって声をあげる。

「こっちを見るんだ」

史郎は同じ台詞を繰り返した。

「眼を開けて、誰に抱かれてるかきちんと見てくれ」

意地悪を言っているわけではなかった。貴子ほどの美人なら、眼をつぶっていても充分に興奮する。長い睫毛《まつげ》を伏せてふるふると震わせる表情などは、途轍もなくエロティックだったが、見つめあいながらセックスがしたかった。

有里や香奈恵が相手のときは、そんなことは思わなかった。貴子だけが特別なのはやはり、好きだからだ。一方通行ではなく相思相愛を生まれて初めて確認できた女だからだ。

「頼むからこっちを見てくれ！」

史郎は両手で巨乳を揉みくちゃにしつつ、声を荒らげた。と同時に、腰の動きをグラインドからピストン運動にシフトチェンジする。ずんずんっ、ずんずんっ、とリズムに乗って突きあげれば、涙が出そうなほどの快感がこみあげてくる。

「あおおおっ……あおおおおっ……」

貴子が声をあげながら薄眼を開いた。彼女もまた、性の快感を覚えているようだった。眉根を寄せ、眼の下をねっとりと紅潮させた顔がいやらしすぎた。いつものツンと澄ました表情からは、考えられない女らしさだった。

鏡を向いている貴子は、頑なに自分の顔を見ようとしなかった。史郎の顔ばかりを凝視しているが、自分の顔も見てほしかった。こんなにも女らしく、水のしたたるような色香がある。

(すっ、すごい濡らしっぷりだ……)

ぬんちゃっ、ぬんちゃっ、と粘りつくような音をたてて男根を抜き差ししている史郎は、自分の陰毛が蜜を浴びていることに気づいた。いや、陰毛どころか玉袋の裏まで垂れてきている。行為を中断して確認すれば、貴子の内腿はびしょびしょになっているに違いない。

「きっ、気持ちいいかい？」

小声でコソッと訊ねると、

「訊かないでくださいっ！」

貴子は恨みがましく睨んできた。とはいえ、感じていることはあきらかだった。こちらを見る眼がうるうるに潤んでいるし、ハアハアと息もはずんでいる。左右の乳首をつまんでやれば、おうおうと低いうなり声をあげて身をよじる。

たまらなかった。

貴子が身をよじれば当然、結合している性器と性器がこすれあう。ただでさえキキツの初々しい肉穴の中でペニスがこねまわされ、あまりの気持ちよさに息もできない。

勢い、ピストン運動のピッチがあがっていった。難易度が高く思えた立ちバックだが、慣れてくると正常位より自由に腰が動かせる気がした。ずんずんっ、ずんずんっ、と連打を放ち、巨乳をしつこく揉みしだけば、貴子はいまにも感極まりそうになり、振り返って口づけを求めてきた。

「うんんっ……ぅんあああっ……」

いきなりお互いに口を開くディープキスで、舌と舌をからめあった。貴子は振り返っているけれど、史郎は前を向いているので鏡が見える。ＡＶじみた淫らな体位で盛りあっている、裸の男女が映っている。

（ダッ、ダメだっ……こっ、これはっ……我慢できないっ……）

興奮しきった史郎は、射精欲が疼きだすのを感じた。いまこのときが永遠に続けばいいという願望と、一刻も早く熱い精液を放出したいという衝動が、体の内側でスパークする。

「なっ、なあっ……」

キスを中断し、貴子を見た。

「もっ、もう出そうなんだがっ……」

貴子は小さくうなずくと、

「いっぱいっ……出してくださいっ……」

どこで覚えたのか知らないが、男心をくすぐる台詞で答えてくれた。

「むううっ……」

史郎は巨乳から両手を離すと、あらためて貴子の腰をつかんだ。貴子は前を向き、鏡越しにこちらを見つめてきた。眼を細めた祈るような表情にドキドキしながら、史郎も見つめ返す。視線と視線をからめあいながら、勃起しきった男根で怒濤《どとう》の連打を送りこんでいく。

「はっ、はぁおおおおおおおーっ！」

貴子が声をあげ、ちぎれんばかりに首を振った。シャワーを浴びるためにまとめていた長い黒髪がほどけ、淫らがましく宙を舞った。呼応するように、史郎はピストン運動をフルピッチにまで高めていった。パンパンッ、パンパンッ、と桃尻を鳴らして突きあげた。

処女を失ったばかりなのに、どれだけ強く突きあげても貴子の肉穴は男の欲望を受けとめてくれた。セックスの経験はなくても、彼女も二十一歳。体はすっかり大人だから、慣れるのも早いのかもしれない。

実際、貴子はセックスを楽しんでいた。史郎と相思相愛であることを確認できたという大前提があるにしろ、乱れることを恐れていない。いままさに女としての開花のときを迎えようとしているように、史郎には見える。

いつまでもこうしていたかった。

立ちバックだけではなく、あらゆる体位で貴子とひとつになりたかった。

けれども、こみあげてくる射精欲が、それを許してくれなかった。歯を食いしばろうが、唇を嚙みしめようが、衝動を留める術《すべ》はなく、体中がぶるぶると震えだしてしまう。

「でっ、出るっ！　もう出るっ！」

叫ぶような声をあげた。

「もっ、もう出るっ！　出ちゃうっ！　ぬおおおおおーっ！　うおおおおおおおおーっ！」

雄叫びをあげて最後の一打を突きあげると、その反動でスポンッと男根を引き抜いた。発情の蜜でネトネトになった肉棒をつかみ、渾身の力でしごきたてた。

ドクンッ！　と下半身で爆発が起こり、ペニスの芯に灼熱が走り抜けていく。両脚がガクガク震えだし、立っているのがつらかったが、かまっていられなかった。ドクンッ！　ドクンッ！　ドクンッ！　と続けざまに訪れる射精に身をよじり、煮えたぎるように熱い精液を貴子のヒップにぶちまけることしかできない。

「ああんっ、あっ、熱いっ、史郎さん」

「おおおおっ……くぉおおおおっ……」

いつもの倍近く、長々と射精は続いた。出しても出してもまだ出そうで、絞りだすようにして最後の一滴まで漏らしきっていく。

「しっ、史郎さんっ……」

貴子が上体を起こし、振り返った。史郎はいまにもへたりこみそうだったが、最後の力を振り絞って彼女を抱きしめた。唇と唇が自然に重なりあい、ねちゃねちゃと音をたてて舌をからめあいながら、熱い抱擁を続けた。

ここで抱擁もキスもできなければ、男として生きる資格がない——史郎は自分に言い聞かせた。恋愛感情が一ミリもないワンチャン相手ならともかく、貴子とは相思相愛だった。生まれて初めての恋人にまでなってくれる可能性だって、ゼロではないのだ。

いや、ゼロどころか、その可能性はかなり高い気がした。

「史郎さんっ……史郎さんっ……」

貴子はむさぼるようなキスをしながら、涙を流していた。美女中の美女が泣いているのに、史郎は少しも怖くなかった。

貴子がいま流している涙は、悲しみの涙でも怒りの涙でもないからだ。愛する男と身も心も通じあえた歓喜の涙に違いない。史郎はそう確信していた。史郎の両眼からもまた、同じ種類の涙が流れていたからである。

エピローグ

その年の年末年始は、三十年間生きてきて初めてと言っていいほど充実していた。故郷に帰省し、上げ膳据え膳の毎日も悪くはないけど、〈まほろば荘〉に残っていて本当によかった。

史郎と貴子は、大晦日と正月三が日を、ずっと管理人室で過ごした。それも狭いシングルベッドの上にいたのがほとんどであり、お互い生まれたままの姿だった。

世の中便利になったもので、食材を揃えて料理などしなくても、あるいは年中無休のスーパーに割引き弁当を買いに行かなくても、スマホさえあればできたての料理をすぐに届けてもらえる。

受け取りのときはさすがに服を着たが、管理人室で待っている貴子が裸なので、史郎も戻るとすぐに裸になった。

「裸で一緒にごはん食べてると、恋人ができたって実感がわいてきますよね」

貴子が恥ずかしそうにそう言ったからだった。裸といっても胸や股間は布団で隠していたけれど、史郎は食事をしながら何度も勃起した。生来の美しさに加え、すっかり女らしい色気が出てきていた。

(こんな綺麗な彼女を連れていったら、山根課長もびっくりするだろうなあ……)

その瞬間を想像すると、史郎の鼻の下は伸びた。山根課長のデマには本当にまいったけれど、こういう結果になってみれば感謝するしかなかった。彼が女子寮の管理人に抜擢してくれなければ、貴子と巡り会うこともなかった。

とはいえ、いきなり貴子を山根課長に紹介したり、同僚や友人知人に恋人宣言をするのは、厳に慎まなければならなかった。

貴子は大学三年生――未成年ではないとはいえ、まだ学生の身分である。しかも寮生と管理人の関係だから、あと一年はこっそりと愛を育《はぐく》まなければならない。女子アナになる夢を諦めたとはいえ、貴子の就職活動はまだまだ続く。女子寮の管理人とデキてしまうようなふしだらな娘という評判がたてば、就職活動にだって悪い影響が出るかもしれない。

「結局、紅白もゆく年くる年も見ませんでしたね……」

元日の朝、貴子がそう言って笑った。

「それどころか、年越し蕎麦《そば》もお雑煮《ぞうに》もなし。今年は初詣に行くこともないかもしれないな……」

史郎も笑い返した。お互いに照れていた。テレビなど見なくても、年越し蕎麦をたぐらなくても、忘れられない年越しになったからだった。

除夜の鐘が鳴っているとき、ふたりはセックスをしていた。

思えば、大晦日イブからセックスばかりしていたのだが、そのときのものは特別だった。貴子の巨乳と戯《たわむ》れ、天然パイパンの股間を舐めまわし、史郎は興奮しきっていたけれど、午前零時になる直前まで挿入を我慢した。

二年参りならぬ二年セックス——せっかくだから、年またぎで貴子と繋がっていたかったのである。

必然的に愛撫の時間が長引いたので、お互いに興奮のピークに達していた。貴子は何度となくクンニでイキそうになっていたが、彼女は我慢していたし、史郎もまた、そう簡単にはイカせなかった。

いよいよ結合となったとき、史郎は興奮しすぎて鬼の形相になっていたはずだ。貴子も貴子でハアハアと息をはずませ、欲情を隠しきれなかった。半開きの唇が唾液まみれになっているのに、拭うことさえできなかったくらいだ。

「いっ、いくよっ……」

遠くから除夜の鐘が聞こえてくる中、史郎は貴子の中に入っていった。勃起しきった男根で、天然パイパンの股間をずぶずぶと貫いた。体位は正常位だった。ペニスを

根元まで埋めこむと、

「はっ、はぁおおおおおおおおーっ！」

貴子は結合の衝撃に叫び声をあげながら、史郎にしがみついてきた。史郎も彼女を強く抱きしめ、腰を動かしはじめた。

まだまだ初心者の域を出ていない史郎とはいえ、自然と腰が動かせるようになっていた。グラインドとピストン運動を使い分け、ピストン運動にも緩急がつけられるようになった。貴子は超絶美人だから、すぐに射精欲がこみあげてくるが、ピッチを落としてキスをしたり、乳房をもてあそんで衝動をやり過ごす余裕もできた。

そして、セックスに慣れてきたのは、史郎ひとりではなかった。貴子もまた、処女喪失のときが嘘のようにあえいだりよがったり、性の悦びを謳歌できるようになっていった。

「ああっ、いいっ！　気持ちいいよ、史郎さんっ！」

そう言って腰をもじもじ動かす貴子は可愛かった。女が性の悦びに目覚めつつあるなら、男がハッスルするのは必然だった。彼女が気持ちよさそうにしていれば、息があがってもピストン運動をやめなかった。性的興奮に紅潮し、くしゃくしゃになっている貴子の美貌をむさぼり眺めながら、突いて突いて突きまくった。

「ああっ、いやっ！　いやいやいやああああーっ！」

突然、貴子が切羽つまった声をあげた。いままでとは声音がまるで違ったので、史郎は息を呑んだ。

「おっ、おかしくなるっ！　わたし、おかしくなりそうっ！」

喜悦の涙で潤んだ瞳で、すがるように見つめてきた。限界まで眉根を寄せ、半開きの唇を小刻みに震わせていた。

（イッ、イキそうなんだな……）

貴子がオルガスムスに達しようとしていることは、史郎にもわかった。クンニではイカせた経験があるからだった。

ただ、いわゆる中イキ——結合状態で絶頂に導いたことはなかった。息は完全にあがっていたが、最後の力を振り絞ったフルピッチの連打を送りこんだ。ずんずんっ、ずんずんっ、と突きあげるたびに、ただでさえキツキツの肉穴が、ぎゅうっと男根を食い締めてきた。

「イッ、イクッ……」

貴子が眼を見開いた。なにかに怯えているような表情だったが、尋常ではなく濃厚なエロスを振りまきはじめる。

「イッ、イクッ……貴子、イッちゃいますっ……ああっ、イクッ！　イクイクイクイクーッ！　はっ、はぁおおおおおおおーっ！」

ビクンッ、ビクンッ、と腰を跳ねあげて、貴子は絶頂に達した。史郎の腕の中で裸身を弓なりに反り返らせ、体中の肉という肉をぶるぶると震わせた。その振動が繋がった性器を通じて、ペニスにも伝わってきた。多少セックスに慣れたところで、射精をこらえることはできそうになかった。

「でっ、出るっ……こっちも出るっ……」

史郎は脂汗にまみれた顔をきつく歪めた。

「でっ、出るっ……もう出るっ……ぬおおおおーっ！　くぉおおおおーっ！」

ずんっ、とフィニッシュの一打を打ちこむと、上体を起こしつつペニスを抜いた。貴子の蜜にまみれた肉棒をつかもうとしたが、できなかった。貴子のほうが先に肉棒をつかんだからだった。いったいどこで覚えたのか、すこすことしごきはじめた。史郎の膣外射精を見ていて、要領をつかんだのかもしれない。

「出してっ、史郎さんっ！　いっぱい出してええええええーっ！」

「うっ、うおおおおおーっ！」

史郎は雄叫びをあげながら、思いきり腰を反らした。自分でしごくのとはまた違う、衝撃的な快感に身をよじった。いっそ一分くらいこのましごいていてもらいたかったが、それは無理な相談だった。

「でっ、出るっ！　出るうううううううーっ！」

首にくっきりと筋を浮かべ、情けなく裏返った声をあげて、熱い粘液を放出した。剛速球をギリギリまで引きつけてから、猛烈なスイングスピードでスタンドまでかっ飛ばすホームランバッターのように、会心の射精を遂げた。ドクンッ！　と肉棒が震えた瞬間、白眼を剥いて失神してしまいそうになったくらいだ。

そこまではよかった。貴子をオルガスムスに導き、彼女の愛撫で射精を遂げる――これぞ麗しき共同作業と自画自賛したいくらいだったが、思いきり飛ばしすぎたせいで、紅潮しきった貴子の美貌に白濁液が着弾してしまった。

「おおおおっ……おおおおおっ……」

ドクンッ！　ドクンッ！　ドクンッ！　と射精がとまらず、史郎は謝ることさえできなかった。白濁液が美貌を汚したのは最初の一回だけだったが、おでこから眉毛、頬にもちょっとかかっていた。

（おっ、怒られるっ……これは絶対に怒られるぞっ……）

親しき仲にも礼儀あり――相思相愛の仲とはいえ、ＡＶじみた顔面シャワーはいくらなんでもひどすぎる。海より深く反省し、土下座して謝罪したくても、射精がなかなか終わらないので、史郎は身をよじりつづけることしかできない。

しかも、すべてを出しきったら出しきったで、放心状態に陥《おちい》ってしまい、反省も謝罪もできなかった。謝らなければと思っているのに口から言葉は出ず、膝立ちの体勢のまま体もまったく動かない。

「……すごい飛ぶんですね?」

地を這うような低い声で、貴子が言った。奇跡的に白濁液が眼に入っていなかったが、おかげで思いきり睨まれた。

「わざとじゃないんだっ！」

焦った史郎は、叫ぶように言った。

「ぼぼぼっ、僕だってそんなに飛ぶとは思っていなかったんだ……あまりに気持ちよかったから、あまりに興奮しすぎたから、遺憾ながらこういう結果になってしまったわけで……」

「知ってますよ」

貴子は白濁液でドロドロになった顔で笑った。いままで見たことがないような、柔らかい笑顔だった。

「わたしだってそれくらい知ってます……知っているから、嬉しいです……史郎さんが気持ちよくなってくれて……興奮してくれて……」

どうやら怒っていないようなので、史郎は安堵に胸を撫で下ろした。と同時に、貴子が愛《いと》おしくてたまらなくなり、抱きしめてやろうとした。

しかし貴子は、するりと体をかわしてベッドからおりた。

「シャワーで流してきます」

白濁液が汚したのは貴子の美貌だけではなく、お腹の上もだった。そちらのほうがより盛大にぶちまけられているし、ついでに言えば彼女は濡らしすぎていた。発情の蜜を失禁したような勢いで漏らしていたから、シャワーを浴びたい気持ちはよくわかった。

（たまらないな……）

バスルームに向かっていく貴子の後ろ姿を眺めながら、史郎はむらむらとこみあげてくるものを感じた。たったいま射精したばかりだというのに、勃起の勢いはおさまることなく、ズキズキと熱い脈動を刻んでいる。射精したばかりとは思えないほど、カチンカチンのパツンパツンだ。

（いまのセックスが年またぎだとすると……）

次の一回は、新年最初のセックスということになる。古い言葉で言えば、姫はじめ……。

史郎は鼻息も荒くベッドから飛びおりると、貴子の後を追った。脱衣所で待ち伏せし、鏡の前で姫はじめをしようと胸を高鳴らせた。


（了）

＊本作品はフィクションです。作品内に登場する人名、地名、団体名等は実在のものとは関係ありません。

長編小説

ふしだら女子寮《じょしりょう》の管理人《かんりにん》

草凪《くさなぎ》 優《ゆう》

2024年12月9日　初版第一刷発行

カバーデザイン……………………………小林こうじ

発行所……………………………………株式会社竹書房
〒102-0075　東京都千代田区三番町8－1
三番町東急ビル6F
email：info@takeshobo.co.jp
https://www.takeshobo.co.jp

印刷・製本………………………中央精版印刷株式会社